Hrsg. Sina Blackwood

AF145726

ROT

-

höllisch gut

Bibliografische Informationen der Deutschen Nationalbibliothek:
Die Deutsche Nationalbibliothek verzeichnet diese Publikation in der Deutschen Nationalbibliografie; detaillierte bibliografische Daten sind im Internet über https://dnb.de abrufbar.

© 1. Auflage Februar 2023
Herausgeberin Sina Blackwood

Coverbild: Adobe „curved road through a red forest © Christos
Umschlaggestaltung: Sina Blackwood
Layout: Sina Blackwood

Herstellung und Verlag:
BoD – Books on Demand, Norderstedt
ISBN: 9783734728549

ℬ * ℬ * ℬ * ℬ * ℭ * ℭ * ℭ * ℭ

ROT - höllisch gut

ℬ * ℬ * ℬ * ℬ * ℭ * ℭ * ℭ * ℭ

Inhaltsverzeichnis

Arno Zirm

Mohnblume

Blüte des Mohns,
Sinnbild der Vergänglichkeit,
so nennt man Dich gern.
Nicht für die Vase geeignet,
das weiß man doch.

Doch lehren sollte man uns in jungen Jahren
schon die Fähigkeit,
etwas zu bewundern, sich erfreuen daran,
ohne den Drang, Besitz zu ergreifen,
zu konservieren,
zu imponieren anderen,
mit dem Besitz der Schönheit,
aufgebahrt in einer Vase.

So sag ich Dir, geh hin zu der Schönen,
breite ein Tuch auf die Wiese,
wo sie steht im Kreis ihrer Schwestern.
Setzt Dich daneben,
den Blick zu ihr.
Lab Dich an Mitgebrachtem,
denn allemal schmeckt es im Grünen am besten.
Und fragt man Dich, ob Deiner Abwesenheit,
ob Du ausreichend versorgt warst über den Tag,
so sage:
„Ja, ich habe Schönheit getrunken".

Matthias Albrecht

Wie das Rot in die Welt kam

Gott mag an sich unfehlbar und allwissend sein, und dennoch: Er denkt nicht immer gleich an das Naheliegende. Das wird niemand bestreiten, der die Bibel – insbesondere die Genesis – kennt. Da sagte Gott zum Beispiel zu sich selbst, nachdem er Adam aus dem Lehm gepolkt und ihm Leben eingehaucht hatte: „Es ist nicht gut, dass der Mensch allein sei; ich will ihm eine Hilfe machen, die ihm entspricht."

Sämtlichen Tieren, die er für diesen Zweck erschuf, gab Adam zwar in Gottes Auftrag Namen, doch eine Hilfe im eigentlichen Sinne waren sie ihm nicht. Das Rhinozeros war zu ungestüm, der Löwe zu wild, der Vielfraß zu gefräßig, der Elefant zu groß, die Maus zu klein, die Vögel zu flatterhaft, die Faultiere zu schläfrig, die Gazellen zu scheu und die Affen zu launisch. Verstehen konnte Adam deren Grunzen, Gezwitscher und Gebrüll ebenfalls nicht.

Gott grübelte und grübelte. Wieviel Zeit er darüber verstreichen ließ, ist nicht überliefert – in der Bibel liest sich die Erkenntnis, zu der er schließlich kam, in einem Atemzug. Heureka hat er wohl nicht geschrien, das war erst Archimedes von Syrakus um etwa 250 vor unserer Zeitrechnung vorbehalten, doch vor den Kopf wird er sich geschlagen und ausgerufen haben: „Was bin ich doch für ein ..." Halt! Keine Gotteslästerung, obwohl – wenn der Herr gegen sich selbst Kritik übt, ist es wohl keine Blasphemie.

Und warum schlug er sich nun vor den Kopf? Einfach deshalb, weil er ja gesagt hatte: „... eine Hilfe machen, die IHM entspricht". Dem Menschen nämlich. Und das kann nun mal kein Tier sein, wäre es auch der treueste Hund, intelligenteste Krake oder anhänglichste Grottenolm.

So betrat nun Eva die Bühne der Welt und steuerte ihren Teil zum Dilemma bei, doch das ist ein Kapitel für sich. Ich sollte jetzt bald auf meine Überschrift dieser Geschichte kommen, denn was Adam und Eva mit der Farbe Rot in Verbindung bringt, dürfte sich den Lesern bis hierher wohl nicht erschlossen haben. Ist auch gar nicht nötig – ich wollte lediglich darauf hinaus, dass Gott auch nicht alles gleichzeitig bedenken kann. Die Erschaffung von etwas so Komplexem, wie der Welt, und das in nur ein paar Tagen, ist eine Mammutaufgabe. Die natürlich nur der Herr, zu bewerkstelligen imstande ist, und doch gab es für ihn hier und da immer mal wieder etwas nachzubessern.

Jetzt denkt man sofort an die Sintflut, die – außer Noah und dessen Familie – das erste, mit Fehlern behaftete Menschengeschlecht in die Gosse der Geschichte spülte. Oder an den Turm zu Babel, deren Erbauern der Herr die Sprachen verwirrte, sodass der Turm nie vollendet werden konnte, weil keiner mehr den anderen verstand. Ja, das waren Nachbesserungen oder Korrekturen, die man im Buch der Bücher lesen kann. Aber etwas steht nicht in der Bibel, nämlich wie es Gott während der Genesis mit den Farben hielt. Und wie schließlich das Rot in die Welt kam.

Zunächst war die Erde grau. Dessen wurde der Herr ansichtig, als er den Schalter umlegte und das Licht von der Finsternis schied, um sich bei seinen weiteren Schöpfungen besser orientieren zu können. Gut, dachte er, da werden jetzt nur Farben helfen. Gelb nahm er für die Strände und Sonnenblumen, Blau für das Meer und den Himmel. Grün, welches er aus diesen beiden Farben mischte, für die Pflanzen und Polarlichter. Und Gott sah, dass es gut war. Aber es war noch nicht gut genug. Irgendwas fehlte. Die Berge waren noch immer grau in grau. Die Stämme der Bäume auch. Die Rehe, Hasen, das Herbstlaub, sogar Schokolade – alles grau. Die Sonnenaufgänge dagegen blassgrüngelb.

Gott experimentierte munter drauflos. Er vermischte, verdünnte, mixte, rührte, tropfte, spritzte und pinselte – umsonst.

„Oh Gott", sprach er zu sich selbst. „Da hast du nun Schwarz und Weiß, Blau und Gelb erfunden, und es hat dir keine Mühe gemacht. Streng dich gefälligst ein wenig an!"

Doch es wollte ihm nicht gelingen, eine Farbe zu kreieren, die die Wärme in die Welt brachte. Ja, genau das war es: die Wärme fehlte. Und obgleich die Sonne vom Firmament herunterbrannte, blieb der Anblick der Welt kalt.

Der Herr wäre nicht der Herr, wenn er klein beigegeben hätte. Verbissen experimentierte er weiter; die Farbe indes, die er suchte, fand er nicht. Und dabei gab es sie bereits. Man konnte sie nur nicht sehen.

Um sich ungestört anderen Dingen widmen zu können, hatte der Herr die Aufgaben unter seinen himmlischen Mitarbeitern verteilt. Einigen von ihnen war gar die Evolution anvertraut worden, die sie überwachen sollten, damit nichts aus dem Ruder lief. Nun lobte der Herr einen Wettbewerb aus. Wer ihm innerhalb einer gewissen Frist – ich glaube, es handelte sich dabei um dreißig Jahre, drei Monate, zwei Wochen und eine Stunde – einen neuen Farbton präsentieren könne, der sich von allen anderen bislang existierenden Farbtönen unterschied, sollte einen zwanzigjährigen Kurzurlaub im neu erschaffenen Paradies auf dem Planeten Luxurius im Sternbild Alpha Centauri als Preis erhalten. Natürlich all inclusive und im noblen Achtzehn-Sterne-Hotel in unmittelbarer Strandnähe des Smaragdmeeres.

Die Mitarbeiter ließen alles stehen und liegen, um sich der Herausforderung zu stellen. Dabei blieb manches auf der Strecke und geriet zeitweilig in Vergessenheit, wie beispielsweise die Geburt Jesu Christi und die langfristige Planung der Apokalypse bis ins Detail. Tja, hätte Gott nicht die fehlende Farbe gesucht oder sie beizeiten gefunden, befänden wir uns nun schon im Jahre Dreitausendneunundsechzig und wären unterdessen zu vollkommenen Wesen herangereift – oder hätten den Weltuntergang längst hinter uns; wie auch immer …

Die Lösung für das Farbproblem des Herrn kam – wie so vieles in der Forschung – völlig unerwartet und wenig spektakulär daher. Gott ist groß, also denkt er auch in diesen Dimensionen. Und damit zu kompliziert. Der kleine Mitarbeiter seiner himmlischen Fakultäten denkt in weitaus winzigeren Maßstäben, vor allem dann, wenn es sich um Insektenforscher handelt.

Während der Insektenforscher von heute die Lebensweise der Tierchen untersucht, ging es seinem göttlichen Kollegen zu Zeiten der Genesis darum, diese vom Herrn sozusagen grob geschaffenen Lebewesen zu vervollkommnen. Bei seinen Experimenten widmete er sich der Fortpflanzungsfähigkeit genauso wie dem weiteren Nutzen der winzigen Exemplare auf Erden.

Quintinius Carminium, welcher sich im Fünften Göttlichen Labor mit den kaum noch mit bloßem Auge wahrzunehmenden Insektenwinzlingen befasste, hatte eines Tages mit Schildläusen experimentiert und entgegen seiner Gewohnheit seinen Labortisch zum Feierabend nicht aufgeräumt. Dass ein spontaner Umtrunk mit seinen Forscherkollegen anlässlich seines fünfhundertsten Betriebsjubiläums dafür verantwortlich zeichnete, soll hier nicht näher ausgeführt werden. Als er am nächsten Morgen an seinen Arbeitsplatz zurückkehrte, war da ein hässlicher, handtellergroßer, grauer Fleck: Eine eingetrocknete Essigpfütze mit darin verendeten Schildläusen.

Quintinius sah sich betreten um, doch noch hatte keiner der himmlischen Aufseher, die streng auf Ordnung und Sauberkeit achteten, dessen Verfehlung entdeckt. Schnell strich Quintinius mit der Hand die Läuse vom Tisch in einen Abfalleimer und wollte dann zum Schwamm greifen, um die Essigrückstände aufzuwischen, als er erschrocken innehielt. Sowohl die eingetrocknete Essiglache als auch die Stelle seiner Hand, die mit den Läusen beim Wischen in Berührung gekommen war, glänzten in einem seltsamen Farbton. Nicht grün, nicht gelb, nicht blau. Aber was war es dann? War es etwa …

„Ich habe es gefunden!", schrie Quintinius und rannte im Bestreben, so schnell wie möglich aus dem Labor zu kommen, zwei Mitarbeiter und den Erzengel Gabriel um, welcher gerade eine

Inspektion durchführen wollte. Auf seinem Weg zum Thron Gottes hinterließ er auch fernerhin eine Spur der Verwüstung, dem am Ende gar die beiden Cherubim zum Opfer fielen, welche zum Schutz des Herrn vor dessen federwolkenwatte-weißem Polstersitz standen. Der eine flog nach rechts, der andere nach links, und bevor sie sich wieder aufrappeln konnten, stand Quintinius mit fliegendem Atem und zitternden Beinen vor dem Herrn.

„Ich habe es, Herr!", platzte er heraus. „Ich – ich glaube es zumindest."

„Du glaubst es?", schmunzelte Gott. „Der Glaube ist eine schöne Sache, sofern er am Ende nicht zur enttäuschenden Gewissheit wird." Er lehnte sich etwas nach vorn. „Dann zeig mir mal, woran du glaubst."

Quintinius streckte dem Herrn seine rechte Hand entgegen. „Da, sieh nur, Herr, diese Far-be. Ich habe noch nie so etwas gesehen."

„Ich auch nicht", gab Gott zu und betrachtete sich die Sache näher. „Lieber Himmel, welch ein Farbton. Mit nichts zu vergleichen. Ja, Quintini-us, du hast es tatsächlich gefunden. Aber – wo und wie?"

Quintinius berichtete Gott nun von seiner Entdeckung am Arbeitsplatz. Dabei vermied er es geflissentlich, zu erwähnen, wie es zu der Unordnung auf seinem Labortisch gekommen war. Er hätte es indes getrost erzählen können, denn der Herr nickte schmunzelnd und meinte, dass eine kleine Disziplinlosigkeit mitunter recht hilfreich bei der Entdeckung großer Dinge sein könne. Ohne dass dies jedoch – und dabei erhob er mahnend den Zeigefinger – ein Freibrief sein solle, sich nun ungehemmt gehen lassen zu dürfen.

Quintinius schluckte. Natürlich konnte er dem Herrn nichts verheimlichen, das hätte er wissen müssen. Nur die Geschichte mit den Läusen hatte der Herr nicht voraussehen können. Seltsam.

„Schildläuse ...", murmelte der Herr und stützte die Faust gegen seine Stirn, um besser nachdenken zu können. „Natürlich. Dass ich nicht gleich darauf gekommen bin." Und zu Quintinius gewandt, sprach er: „Ich habe da gerade eine göttliche Eingebung!"

„Eine göttliche, Herr? Aber ja doch, welche auch sonst ..."

„Als ich die Läuse schuf", fuhr Gott fort, „tat ich dies, um das Wuchern der Pflanzen in den Griff zu bekommen. Später holte ich Marienkäfer, Florfliegen, Schlupfwespen und Gallmücken hinzu, um der Läuseplage Herr zu werden, und endlich musste ich die Vögel kreieren, damit sich letztgenannte Insekten nicht unkontrolliert ausbreiteten."

„Und was unternahmst du gegen die Vögel?", fragte Quintinius, da der Herr eine Pause machte.

„Gegen die Vögel?" Gott zog die Brauen empor. „Nichts. Die werden eh so nach und nach durch den Menschen dezimiert. Aber zurück zu den Schildläusen. Merke dir folgende Rezeptur, Quintinius: Nimm für fünfzig Gramm der neuen Farbe hunderttausend weibliche Schildläuse. Lass sie schwanger werden, denn trächtige Läuse sind größer und geben mehr Farbstoff. Nun wasche sie in Essig und trockne sie danach auf Seidentüchern. Koche sie dann in Wasser, dem du etwas Schwefelsäure beifügst. Nimm nach dem Abkühlen Alaun und Kalk dazu und wasche die neu entstandene Säure aus. Dann trocknest du das Resultat, mahlst es zu

Staub und – voilà – das neue Farbpigment ist fertig! Nun müssen wir nur noch einen Namen finden. Wie wäre es mit deinem? Sozusagen als Lohn für deine Entdeckung."

„Als Lohn? Ich dachte – nun ja – die Reise nach Alpha Centauri – der Kurzurlaub …"

Der Herr winkte ab. „Den bekommst du oben-drauf."

„Aber – Quintinius! Klingt das nicht etwas selt-sam für einen Farbton, Herr?"

„Schon. Doch nicht Carminium. Oder kurz: Karmin. Gelb, Blau und Karmin. Die drei Grundfarben, aus denen alle anderen sich mischen lassen. Wie gefällt dir das?"

„Ausgezeichnet, Herr!"

„Dann lass uns dein Karmin mal in die Welt bringen, Quintinius!"

Und der Herr brachte es in die Welt. Weshalb er später Karmin nur als eine von vielen Abstu-fungen der neuen Farbe betrachtete und den Grundfarbton selbst Rot nannte, ist nicht über-liefert. Die Sonnenaufgänge sahen jetzt jeden-falls sehr spektakulär aus. Das Blut der Men-schen war zuvor farblos gewesen, nun konnte selbst die kleinste Verletzung sofort erkannt und behandelt werden. Die Stämme der Bäume, die Rehe, Hasen, das Herbstlaub und auch die Schokolade waren in braunen Tönen gehalten, die der Herr vornehmlich aus Grün und Rot mischte. Die Welt wurde warm.

Auf die Frage, weshalb das Rot auf der Welt nicht mehr wegzudenken ist, können sich die Leser dieser Lektüre selbst Gedanken machen und Antworten finden. Dazu braucht man nicht einmal das Internet zu bemühen. Und all das hier aufzuführen, was mit der Farbe Rot einhergeht, würde den Rahmen dieses Büchleins sprengen und gliche am Ende einem mehrbändigen Lexikon.

Ohne Rot sähe es jedenfalls auf Erden sehr viel trostloser und weniger farbig aus. Kein warmes Braun, kein leuchtendes Violett, kein zartes Rosa, kein edles Purpurrot. Rubine und Rosenquarze hätten in der Welt der Edelsteine ebenso wenig Platz wie Granatäpfel und Kirschen in der des Obstes. Und die Niederländer müssten auf ihre Nationalfarbe Oranje verzichten. Nun stelle man sich das mal vor!

Silke Weizel

Gedanken

Gedanken sind Gedichte
Rote Worte an Seelenmenschen
Rote Blätter im Wind wie Töne
Der Herbst rauscht

Gedichte sind Gedanken
Alte Seele in grauen Augen
Leises Flüstern in Deinen Ohren
Der Wind lauscht

Heute ist ein würdiger Tag

Sina Blackwood

Gladiatorenschicksal

Gianna hatte den idealen Platz zum Fotografieren gefunden, als der abendliche Himmel über dem Gardasee in einem Farbenrausch aus Rot- und Goldtönen explodierte, welcher geradezu phänomenal anmutete. An ihrer Pocketkamera war Folgeaufnahme eingestellt, um das Schauspiel in bester Qualität aufzunehmen und nicht die kleinste Änderung jeglichen Farbwechsels zu verpassen. Genau auf dem Höhepunkt des Naturspektakels lief ihr ein junger Mann vor die Linse. Nicht nur das. Er blieb auch noch stehen. Ehe Gianna ihren Unmut kundtun konnte, drehte er sich zufällig um. Sein abgrundtiefes Erschrecken über ihre Anwesenheit quittierte sie mit einem verzeihenden Lächeln. Sie schüttelte amüsiert den Kopf, dass er mit einem wahren Panthersatz aus der Schusslinie verschwand.

Als samtiges Schwarz und Millionen von Sternen den Farbenzauber ablösten, steckte Gianna überaus zufrieden ihre kleine Kamera ein. Noch ein Blick übers fast stille Wasser des Sees, dann schlenderte sie zum Hotel zurück. Sie freute sich darauf, sofort die Bilder ganz groß am Laptop anzuschauen, und schmunzelte, als sie an den Fremden dachte. Gut hatte er ja ausgesehen.

Vielleicht sollte ich sein Konterfei ganz einfach als Aufwertung einiger Fotos betrachten.

Sie schloss hinter sich die Zimmertür, duschte, zog ein langes Shirt als Nachthemdersatz an, goss sich ein Glas Wein ein, ehe sie schließlich die Speicherkarte in den Slot des Laptops schob. Sie zog die gesamten Bilder herunter, um sie auf dem Computer zu sichern. In die Bettdecke gekuschelt, ließ sie danach die Aufnahmen des Abends als Diashow laufen. Und gleich noch einmal mit vierfacher Geschwindigkeit, um den Sonnenuntergang gebührend zu zelebrieren.

Plötzlich setzte sie mit einem Ruck das Weinglas auf das Nachtschränkchen. Es hatte lange gedauert, bis sie bemerkte, dass der Fotobomber auf keiner der Aufnahmen zu finden war, obwohl er auf zwei ganzen Folgen von Bildern hätte zu sehen sein müssen. Der Schwan, welcher zur gleichen Zeit Richtung Ufer geflogen war, und den der Fremde zeitweise verdeckt hatte, war in voller Schönheit zu erblicken.

„Ich bin doch nicht verrückt! Da war eindeutig ein Mann gewesen!", stöhnte Gianna, sich über die Stirn wischend.

Sie zoomte jedes der betreffenden Fotos auf, bis fast die einzelnen Pixel zu sehen waren – nichts. Nicht die Spur irgendeines Typen, der vor der Linse gestanden hätte. Statt sich über makellose Aufnahmen zu freuen, befiel Gianna eine merkwürdige Beklemmung. Es ließ sich nicht schönreden. Sie hatte den Unbekannten deutlich gesehen. Sie genehmigte sich noch ein zweites Glas Wein, um überhaupt schlafen zu können, nachdem sie sich fast eine Stunde lang von einer Seite auf die andere gewälzt hatte. Nur quälte sie dann die ganze Nacht die immer gleiche Traumsequenz – der gutaussehende Fremde drehte sich um, und starrte sie aus blutroten Augen an. Wobei der Traum das Gesicht des Mannes so weit aufzoomte, dass die Augen ihr komplettes Sichtfeld einnahmen.

Beim ersten Mal schaltete Gianna in Panik das Licht an, schaute sich gehetzt um, beruhigte sich aber rasch und schlief weiter. Das zweite Erschrecken war kurz. Sie riss in der Finsternis die Augen auf, wickelte sich unwillig schnaufend fester in ihre Decke und schlummerte sofort wieder ein. Beim dritten Mal drehte sie sich einfach um, ohne wirklich wach zu werden, wobei ihr Unterbewusstsein begann, das Gesehene zu analysieren.

Es war nur das Rot, das sie beunruhigte, denn der Blick des Mannes war weder böse noch hämisch, erst recht nicht bedrohlich. Flehend. Das traf den Nagel mitten auf den Kopf.

„Wer oder was bist du?", flüsterte Gianna noch vor dem Morgengrauen aufgebend, erquickenden Schlaf zu finden.

Du hast ausgesehen, als könntest du Hilfe gebrauchen, überlegte sie beim Frühstück. Sie hatte sich, wie immer, in eine Ecke des Speisesaales zurückgezogen, um in absoluter Ruhe zu essen, ihren Espresso zu genießen und sich auf den neuen Tag einzustimmen. *Ich werde heute Abend an der gleichen Stelle stehen und nicht in Ohnmacht fallen, wenn du erscheinst und deine Augen wirklich blutig rot sind.* Auf einen Zufall, als sie in diesem Moment ein kühler Luftzug traf, hätte Gianna nicht schwören wollen. Sie wertete ihn eher als Zeichen, dass der geheimnisvolle Fremde mit Einbruch der Dunkelheit auftauchen werde. Diese Überzeugung festigte sich, weil sie sich ab sofort beobachtet fühlte, nicht aber dadurch belästigt oder eingeengt. Gerade so, als wolle der Fremde um nichts in der Welt die Gelegenheit verpassen, mit ihr Kontakt aufzunehmen, warum auch immer.

„Weißt du eigentlich, dass gestern Tag-und-Nacht-Gleiche war?", meldete sich ihre innere Stimme plötzlich.

„Jetzt, wo du es sagst ..." Gianna hob die Schultern. *„Da es keine Zufälle gibt, musste ich ihm gerade da begegnen. Möglich, dass mich das Schicksal ausersehen hat, seins günstig zu beeinflussen."*

Der winzige kühle Hauch, der sie am Arm streifte, ließ sie fröhlich lächeln. Sie befasste sich von klein auf mit Sagen und Legenden und war weit davon entfernt, diese als Spinnerei abzutun. Oft hatte es Zeugen für wundersame Geschehnisse gegeben, denen man nicht wirklich unterstellen konnte, einer Massenhypnose erlegen zu sein. Vor allem von den Märtyrern der Römer gab es detaillierte schriftliche Berichte, die man in den Archiven studieren konnte.

„Und nicht nur von denen", meldete sich die innere Stimme.

Pünktlich zum Sonnenuntergang stand Gianna zwischen den beiden Bäumen vom Vortag, freute sich, dass der Himmel wieder in den wundervollsten Farben prangte, und wartete auf den mystischen Fremden.

„Ich habe inständig gehofft, dass du kommen würdest", flüsterte es kaum hörbar hinter ihr.

„Das beruht auf Gegenseitigkeit", gab Gianna im Umdrehen bekannt. „Wo bist du?"

„Oh. Ich wusste nicht, dass du mich nicht sehen kannst. Ich werde den Platz einnehmen, wo ich dir gestern erschienen bin." Einige Sekunden später: „Und jetzt?"

„Keine Spur", murmelte Gianna.

„Ich stehe genau vor dir. Erschrick nicht, wenn ich jetzt deine linke Hand berühre."

„Leichter gesagt, als getan", schmunzelte Gianna, weil sie doch, wenn auch kaum merklich, zusammengezuckt war.

Das Geistwesen seufzte schwer. „Vielleicht war es ja die Farbe deiner gestrigen Kleidung, dass du mich sehen konntest. Dieses Blutrot hat mich sowohl angezogen als auch regelrecht entsetzt."

„Wirklich?! Es könnte aber auch die Tag-und-Nacht-Gleiche gewesen sein!", rief Gianna.

Der Fremde nahm ihre Hand, um sie ganz fest zu drücken. „Egal, was es war, ich glaube, du könntest den Bann lösen, der über mir liegt, damit ich endlich Ruhe finde."

Gianna lachte auf. „Verrückt, dass mir ein ähnlicher Gedanke schon heute Morgen gekommen ist. Wobei ich augenblicks das Gefühl hatte, du seist in der Nähe gewesen."

„Äh ..."

„Erwischt?"

„Ich gebe es zu", sagte der Fremde nach kurzem Zögern.

Gianna atmete durch, dann schlug sie vor: „Da dich eh keiner sehen kann, gehen wir jetzt in mein Hotel, wo du mir in Ruhe erzählen wirst, was mit dir geschehen ist. Dann überlegen wir beide, wie wir das Problem lösen können. Komm, gib mir deine Hand, damit du mir auf dem Weg dahin nicht verloren gehst!"

Diesmal lachte das Geistwesen. „Unglaublich! Mir ist schon ziemlich viel unterstellt worden, aber sowas noch nicht. Bisher sind alle schreiend davon gerannt, die mich zufällig erblickten, oder die ich, Hilfe suchend, angesprochen habe."

„Waren wohl alle nicht neugierig genug", schmunzelte Gianna.

Sie führte ihn auf schnellstem Weg zum Hotel, wobei sie eine beleuchtete Werbetafel passierten, deren Hintergrund blutrot erstrahlte.

„Na das ist ja interessant!", staunte Gianna. „In Anwesenheit der besonderen Farbe kann ich dich als eine Art Nebelhauch erkennen. Dann wird es wohl gestern doch die Kombination aus Farbe und Datum gewesen sein."

Der Fremde drückte nur zustimmend ihre Hand, weil ihnen andere Spaziergänger entgegenkamen, die sich doch sehr über eine männliche Stimme gewundert hätten.

„Rasch die Treppe hinauf!", flüsterte Gianna, weil der Empfangstresen gerade unbesetzt war. Auch der Korridor vor ihrem Zimmer war leer und sie schloss sofort die Tür ab und ließ die Jalousien herunter, als sie es betreten hatten. „Ich werde das Shirt von gestern über die Lehne deines Stuhles ziehen, damit ich dich sehen kann", erklärte Gianna, den Worten die Tat folgen lassen. Sie nickte, als sich der Unbekannte setzte. „Ich schiebe die kleine Lampe direkt hinter dich. Perfekt!"

Dass ihr Plan funktionierte, merkte der Fremde, weil sie ihn interessiert von Kopf bis Fuß musterte. Ehe er etwas sagen konnte, stellte sie fest: „Tatsächlich rote Augen. Ich schätze, dem Gewand nach, Römisches Reich oder antikes Griechenland und nicht unbedeutend, vom gesellschaftlichen Stand her."

„Ach, du großer Jupiter! Du erschreckst mich!", rief der junge Mann mit weit aufgerissen Augen, den zudem nicht gerade kleine Muskelpakete zierten. „Ich habe unter Gaius Caesar Augustus Germanicus als Gladiator gekämpft."

„Oha! Caligula. Erstes Jahrhundert!" Gianna fasste sich mit beiden Händen an die Wangen.

Der Mann sprang auf, sie derart verblüfft musternd, dass Gianna amüsiert zu lachen anfing. Als er sich wie in Zeitlupe wieder setzte, flüsterte er: „Dann weißt du sicher auch mehr über ihn."

Gianna nickte und der Fremde begann zu erzählen.

„Ich bin in Mauretania geboren und nach Rom verschleppt worden, als der Kaiser meinen König Ptolemaios ermorden ließ und sich unser Land einverleibte. In Rom bekam ich den Namen Marcus Antonius und wurde auf Grund meiner Kampferfahrungen und Kraft sofort in einer Gladiatorenschule untergebracht. Ich war nicht unzufrieden mit dieser Wendung, denn die anderen waren alle niedergemetzelt worden. Man behandelte mich gut, obwohl ich Dutzende Römer getötet hatte, als ich mich beim Überfall wehrte. Augustus Germanicus war ein grausamer Herrscher, der auch an besonders blutigen Gladiatorenspielen großen Gefallen fand. Ich avancierte schnell zu einem seiner Lieblinge, was mir nicht nur Ruhm und Ehre, sondern auch einen gewissen Luxus garantierte."

Marcus Antonius machte eine Pause, wobei er Gianna nachdenklich taxierte. Die hob fragend die Augenbrauen.

„Ich überlege gerade, ob du die Begebenheit mit seinem Pferd kennen könntest, wo er die Senatoren endgültig gegen sich aufbrachte", murmelte Marcus Antonius. „Die läutete nämlich auch mein Ende ein."

„Du meinst, als er das Ross zum Konsul ernannte?", fragte Gianna.

Marcus Antonius nickte hoch erfreut. „Andere würden mich glatt für verrückt erklären, wenn ich das jetzt erzählte. Caligula wurde durch seine eigene Prätorianergarde umgebracht, wie dir sicher auch bekannt ist, wobei deren Offizier Cassius Chaerea das Sagen hatte. Ich überlebte den Kaiser um einen Tag. Man ließ mich im Schlaf erdolchen, wie viele seiner Günstlinge. Wenig ehrenhaft für einen Gladiator. Dies ist der Fluch, der mich rastlos umherziehen lässt."

Gianna schluckte. „Was soll getan werden?"

„Du musst den Dolch ausgraben, der mir ins Herz gestoßen wurde, und in irgendeinen Fluss werfen. Nur so kann ich endlich ins Land der Toten eingehen und Ruhe finden."

„Na, ganz prima! Und wo muss ich den Dolch suchen?", schnaufte Gianna.

„Nicht weit von hier", erwiderte Marcus Antonius beschwichtigend. „Er ist der Grund, weshalb ich hier und nicht in Rom herumspuke, wie es die Lebenden nennen." Er zeigte zum Fenster. „Da drüben, zwischen den Wurzeln der Schirmpinie liegt er knapp unter der Oberfläche."

Gianna öffnete die Jalousie spaltbreit und spähte hinaus. „Wie kommt es, dass ich dich fühlen kann, du aber den Dolch nicht selber ausgraben kannst?"

„Ich kann es dir nicht sagen. Ich weiß, dass du denkst, ich würde dich in eine Falle locken", flüsterte Marcus Antonius unendlich traurig. „Du warst meine letzte Hoffnung."

Gianna nahm eine schwarze Hose und einen dunklen Hoody aus dem Schrank. „Ich bin gleich bereit!" Sie zog sich um, streifte die Kapuze übers Haar, steckte eine Nagelfeile in die Hosentasche. „Kann losgehen."

Die roten Augen des unglücklichen Gladiators strahlten vor Dankbarkeit wie Rubine. Dann huschte er mit Gianna unbemerkt durch die Nacht.

Nachdem Gianna ein paar Minuten mit der Nagelfeile die harte Erde an der Pinie gelockert hatte, stieß sie auf einen sehr festen Widerstand und kurz darauf ließ sie den rostigen Dolch in der Bauchtasche ihres Hoodys verschwinden. „Wir gehen zum Hotel zurück, es würde auffallen, ließe ich mich heute noch zum Mincio bringen, der von allen Flüssen am nächsten ist", wisperte sie.

„Verstanden", raunte Marcus Antonius, ihre Hand nehmend und zärtlich drückend.

Wieder gelangten sie ungesehen ins Zimmer, wo Gianna das Gähnen nicht mehr unterdrücken konnte und erklärte, sofort schlafen zu wollen.

„Du hast noch nicht mal zu Abend gegessen", stellte Marcus Antonius kleinlaut fest.

Gianna zuckte mit den Schultern. „Ich werde beim Frühstück ordentlich zuschlagen."

Marcus Antonius saß die ganze Nacht am Fenster. Hin und wieder warf er dem Dolch einen prüfenden Blick zu, um gleich danach die schlummernde Gianna zu betrachten. Wenn er je eine geheiratet hätte, dann eine wie sie.

Sie wünschte ihm Stunden später einen guten Morgen. „Alles in Ordnung?"

„Ich glaube ja", sagte Marcus Antonius beinahe fröhlich.

Als Gianna vom Essen kam, zog sie wieder den Hoody über, um den Dolch jederzeit griffbereit zu haben. „Wir fahren mit einem Taxi zum Fluss", legte sie fest.

Sie nannte dem Chauffeur als Ziel die Viscontibrücke in Valeggio sul Mincio, wo in jedem Jahr das Festa del Nodo d'Amore, das Fest der Liebesknoten, stattfand. Der unsichtbare Marcus

Antonius quittierte das mit einem freudigen Lächeln. Sein Schicksal schien Gianna näher zu gehen, als sie zugegeben hätte.

Schließlich standen sie allein an der Brüstung der Brücke, Gianna tastete nach dem Dolch. „Nun heißt es Abschied nehmen, auch wenn es mir irgendwie schwerfällt."

Marcus Antonius küsste sie auf die Stirn. „Danke für alles, was du für mich getan hast. Wenn du es wirklich willst, werden wir uns vielleicht eines Tages wiedersehen. Bis dahin Lebewohl, meine wundervolle Retterin."

„Lass mich darauf nicht so lange warten!" Gianna schmiegte sich für einen Moment an ihn, holte weit aus und warf den Dolch in eine Stromschnelle. Sie konnte gerade noch sehen, wie dieser eine blutige Bahn ins Wasser zog, wie Marcus Antonius zum Abschied die Hand hob und sich endgültig auflöste. Sie zog die Nase hoch, um Tränen zu unterdrücken, drehte sich um – und stieß äußerst heftig mit einem Passanten zusammen, der soeben hinter ihr die Brücke überquerte.

„Sind sie immer so stürmisch?", witzelte er, sie festhaltend, weil sie strauchelte. Dann hob er schmunzelnd seine Sonnenbrille auf, die ihm wegen des Aufpralls heruntergefallen war.

„Nur heute", stammelte Gianna, als sie den ersten Schock verdaut hatte. Das Gesicht vor ihr glich dem des ehemaligen Gladiators zum Verwechseln. Sogar die roten Augen waren vorhanden. Und nicht nur das! Den Mann auf der Brücke zierten die gleichen Muskelpakete. „Kann ich es wiedergutmachen, Sie fast umgerannt zu haben?", flüsterte sie.

„Hmm, hmm, können Sie. Ich habe keine Lust, allein zu Mittag zu essen und den Rest des Tages totzuschlagen. Sie könnten mich begleiten, falls es Sie nicht stört, dass ich mir beim Schweißen die Augen verblitzt habe, deswegen die ganze Zeit meine Sonnenbrille tragen muss, und ohne sie wie Dracula auf Abwegen aussehe."

„Gebongt, ich habe gerade nichts anderes vor!" Gianna hängte sich mit strahlendem Lächeln in den angebotenen Arm ein.

Iris Fritzsche

Ausgeplaudert

Es geht um eine der intensivsten Farben nicht nur in der Natur. Warum aber ist Rot so intensiv, allgegenwärtig, und das in allen Lebensbereichen?

Laut Darwin soll das wohl eine Laune der Natur sein, die sich seit Anbeginn der Evolution herausgebildet hat. Ja, diese These hat etwas für sich. Schließlich dient Rot sowohl als Warnfarbe gegenüber Rivalen als auch zum Anlocken des anderen Geschlechts. Wobei Rot in diesem Fall überwiegend beim männlichen Geschlecht. Wer mit den schönsten Rottönen ein Weibchen zu bezirzen weiß, hat die größeren Chancen bei der Fortpflanzung.

Aber auch zur Abschreckung der Konkurrenz wird Rot eingesetzt. Letzteres trifft übrigens auch beim Homo Sapiens zu. Nur wird es da meist als Wutausbruch (optisch durch eine intensive Rotfärbung des Kopfes erkennbar) im Zusammenhang mit einem kräftigen akustischen Signal (auch Brüllen genannt) verwendet.

Ebenso kommt Rot im Nichtbiologischen als Warnfarbe zum Einsatz. Hierzu will ich nur kurz die verschiedenen Verkehrsschilder, Absperrbänder und ganz besonders die Ampelanlagen erwähnen. Diese Art der Warn- und Verbots-kennzeichnungen sind bei der Gruppe der Verkehrsteilnehmer äußerst unbeliebt. Insbesondere, wenn es jene eilig haben, von A nach B zu gelangen. In diesem Fall stellen gerade Ampeln ein Hindernis dar, welches mitunter ebenfalls zu den schon erwähnten hochroten Köpfen und Lautäußerungen führt.

Bisher passt ja alles noch irgendwie in Herrn Darwins Theorie. Doch es existiert eine weitere, fantastischere Möglichkeit für die übergroße Anzahl an Roteffekten. Nach Jender gab es vor der Besiedlung der Erde durch die heutige Tier- und Pflanzenwelt schon mehrmals Leben auf unserem Planeten. Weshalb Darwin und andere Wissenschaftler dafür keine objektiven Beweise finden konnten?

Nun, in den heutigen SF-Filmen nennt man dieses Verfahren TERRAFORMING. Technisch eigentlich recht simpel. Man stelle weit genug entfernt vom zu bearbeitenden Planeten eine Vorrichtung auf und schicke von dort einen gefächerten oder (je nach gewünschter Wirkung) gebündelten Energiestrahl. Damit wird alles ausradiert, was weg soll.

Bei dem auf der Erde geplanten Experiment wurde der Strahl aber auf die im Erkalten begriffene Sonne gerichtet. So wollte man zwei Fliegen mit einer Klappe schlagen (immerhin ist das Verfahren ja sehr energieaufwändig und bedarf langfristiger Vorbereitung): Sonne aufheizen UND Erde terraformen.

So war es geplant. Prinzipiell waren auch alle Berechnungen der daran Beteiligten richtig. Nur eines hatten sie nicht voraussehen können. Durch das Zwischenschalten der Sonne gab es Abweichungen in der molekularen Struktur beider Planeten. Die Erde musste deshalb nach dem Prozess durch interstellare Winde gekühlt werden. Dadurch ging die geplante optimal-ideale Kugelform der Erde verloren.

Auch verschob sich die Hauptachse durch die entstandene Weichheit der Struktur um einiges. Doch das war nicht mehr korrigierbar, wollten sie nicht den gesamten energieaufwendigen Terraforming-Prozess wiederholen. Hinzu kam, dass durch den Einsatz der interstellaren Winde ungeplante, fremde Lebensmoleküle eingeschleppt worden waren, die eine verstärkte Affinität zum Rotspektrum aufwiesen.

All diese Missgeschicke führten dazu, dass das Projekt Erde als gescheitert aufgegeben und der Planet sich selbst überlassen wurde. Der Raum rund um die Erde wurde großräumig für jeden weiteren Nutzungsversuch gesperrt. Deshalb konnten, trotz verzweifelter Bemühungen, bislang noch keine intelligenten interstellaren Kontakte aufgebaut werden.

Trotz dieser Quarantäne gab es durch eine Forschungsgruppe regelmäßige Kontrollen. Diese wurden seit der Entwicklung der Menschheit als UFO Sichtungen wahrgenommen. Wie es scheint, ist ja trotzdem etwas aus dem Projekt geworden.

Woher ich meine Informationen habe? Ups, das unterliegt eigentlich der Geheimhaltung.

Matthias Albrecht

Rote Vielfalt

Die Farbe Rot ist seit Urzeiten
Der Menschheit hinlänglich bekannt.
Urmenschen nutzten rote Kreiden,
Wie man 's bei Höhlenbildern fand.

Rot steht für Anziehung und Liebe,
Erregung, Energie und Kraft.
Für Mut und sexuelle Triebe,
Für Fruchtbarkeit und Leidenschaft.

Doch wie bei keinem andern Farbton
Hat Rot auch Doppeldeutigkeit.
So steht es dann mitunter auch schon
Für Wut und Rücksichtslosigkeit.

„Ich sehe rot!", so ruft ein jeder,
ist er voll Zorn im schlimmsten Fall.
Dann wird er rot und immer röter
Und platzt am Schluss mit lautem Knall.

Doch kann die Farbe auch betören,
Malt Frau mit Lippenstift den Mund;
Manch Mann wird das sogar beschwören
Und das im ganzen Erdenrund.

Ja, die Signalwirkung des Roten
Ist unleugbar in aller Welt.
Zum Beispiel: Rote Chilischoten.
Wer reinbeißt, ist ein wahrer Held!

Die Farbe kann auch Glück bedeuten:
Marienkäfer, Fliegenpilz …
… und Weihnachten am Baume leuchten
Glocke und Stern aus rotem Filz.

Die Religion hat schon vor Zeiten
Die Farbe Rot für sich entdeckt.
Doch nicht nur Jesus Christus' Leiden,
Nein, auch die Sünde in ihr steckt!

Schon längst hat man sich auch politisch
Für dieses Rot interessiert.
Parteien ist es heut noch wichtig,
So dass es deren Fahnen ziert.

Dem Rot – mal traurig und mal heiter –
Gebührt der allererste Rang!
Bis hierher. Ich mach nicht mehr weiter.
Und könnt es doch noch seitenlang …

Arno Zirm

Die Rose

„Mein Mädchen, Du gleichst einer Rose!". Wohl tausend Gedichte fangen so an oder ähnlich. Freilich ist nichts einzuwenden dagegen. Aber da ist dann von Ach und Weh zu lesen ob der Stacheln, derer man sich aussetzt beim Nehmen der Blüte, die man begehrt. Und wie tapfer man doch sei, dennoch zuzugreifen, die Schmerzen ertragend, weil das Ziel ja tausendfach lohnend ist.

Weniger oft, aber immerhin ab und zu ist zu lesen, dass man gleichermaßen der Blüte weh tut, der Begehrten. Auch dann wird nicht allzu tiefschürfend betrachtet, was doch ein unwiderrufliches Ereignis ist. Wie üblich setzt man voraus, dass ja auch die Blüte stolz und erfreut sein könne, die Fähigkeit zu haben, in hohem Maße zum Wohlbefinden des Tapferen beizutragen. Und im Innern des Lesers entsteht ohnehin das Bild eines mehr oder weniger geschmackvollen Gefäßes mit Wasser, das der Blüte zusteht und von ihr aber auch mit Dankbarkeit angenommen werden müsse. Hinweg alle Gedanken an Vergänglichkeit.

Was aber, wenn die Rose gereift ist im Innern des Strauches? Verknüpft mit vielen Verästelungen? Eingebunden in das Leben Anderer? Und der Begehrliche intelligent genug wäre, seine Hand zu schützen mit einschlägigen, wirksamen Mitteln? Da steht er nun, der doch von unermesslicher Sehnsucht erfüllt ist. Weiß er doch, dass gerade diese Blüte, gereift und voller Lebenskraft, ein unendliches Maß von Glück für ihn bedeuten würde. Weiß gleichermaßen, dass eine Rose nicht verletzt werden kann von ihren eigenen Stacheln, wohl aber von den hunderten und tausenden, die sie umgeben. An denen vorbei er sie nicht leiten kann, ohne dass es trotz größten Geschickes zu Beschädigungen ohne Zahl und Maß führen würde. Nicht an seiner Hand, wie schon erwähnt, doch an dem Objekt seiner Liebe, was er bei sich haben möchte, sein Herz zu erfreuen.

Wer kann ermessen den Zwiespalt, dem er ausgesetzt ist! Und ist wohl zu verstehen, dass er dem Schicksal flucht, das ihm Begehrenswertes zeigt und in gleichem Maße den Schaden erkennen läßt, den er anrichten könnte. Ist aber dennoch ein wenig unzerstörbaren Glückes dabei, etwas Wunderbares entdeckt zu haben.

Da steht er nun, der arme Narr, dem es das Herz zerreißt und fast auch den Verstand, dem zu Vernunft verpflichteten. Und wird wohl noch so stehenbleiben müssen eine Weile oder eine Unendlichkeit.

Lenard James Cropley

Am Kamin

Warum starrst du ins Feuer?
Es gibt nichts zu sehen
und doch kannst du
den Blick nicht wenden.

Ist es ein Bann, der
dich in schwarzer Stille
versinken lässt?
Hörst du den leisen Atem?

Welch Geheimnis teilt ihr,
seit das Licht versunken ist?
Mir scheint, auch du
gleitest hinab in die Tiefe.

Um den Mund dieses Lächeln.
In deinen Augen das Flackern
der Flammen über dem Holz.
Dein Schweigen füllt den Raum.

Das Glühen verlöscht.
Du gehst. Und zurück
Bleibt nur eine Ahnung
deiner Gedanken.

Lenard James Cropley

Schulweg mit Vulkan
bei Leipzig

oder: Eine Mohnblume auf Asphalt

Susi ist ein blondes sechsjähriges Mädchen. Jeden Morgen wird sie in der Woche um fünf geweckt.

Im Stall grunzen die Ferkel und sie schaut ihrem Vater vom Fenster aus zu, wie er mit dem Futtereimer hinein geht. Müde schleicht sie ins Badezimmer. Waschen und anziehen. Für heute hat sie die rote Latzhose und den weißen Teddy-pulli ausgewählt. Kaffeeduft fliegt durchs Haus und Mohrle stromert herum.

Susi stülpt sich eine dunkelblaue Mütze über und schlüpft schnell aus dem Haus. Sie möchte nur kurz zu Hoppel, ihre Finger in sein dickes Fell wuscheln und ihn am liebsten mit zurück ins Bett nehmen. Draußen müffelt es nach Schwein und Mist und ein paar Hähne krähen.

Sie streckt sich und entriegelt den Käfig von ihrem Lieblingskaninchen.

Es duftet nach Heu und Äpfeln. Sie steckt ihre Hand unter seinen Bauch, dort wo es ganz warm ist. Mama sitzt schon im Trabi und ihr Vater ruft, dass sie endlich einsteigen soll. Er hat so eine Farbe, wie Willi damals, ihr Hamster. Ach Willi ...

Mama wird sie in den Frühhort der Schule bringen und danach arbeiten gehen.

Der Trabi hüpft auf dem Holperweg durchs Dorf. Nur ein paar Straßenlaternen leuchten spärlich.

Schon tauchen sie ins Stockfinstere der großen Landstraße. Geisterhaft kommen gelbe Lichterpaare entgegen oder folgen ihnen. Es ist noch immer kühl und Mama flucht leise, weil nicht mehr viel zu sehen ist, denn die Scheiben sind von innen beschlagen. Sie versucht sie abzuwischen. Auf Susis Seite ist jedoch noch alles verschwommen. Schatten jagen die zwei und Susi vergleicht sie mit den Bildern in ihren Träumen. Im Moment ist sie wach und doch ist nichts Genaues zu erkennen.

Sie weiß es trotzdem: Straße, Sträucher, Felder. Mehr gibt´s hier nicht. Die nackten Äste der Ahornbäume winken ihnen scheinbar zu und sie kuschelt sich tiefer in den Sitz. In jeder Biegung werden sie nach links oder rechts geschleudert. Sie lachen. Eigentlich ist es, wie Karussell fahren.

„Gleich kommt es nicht wahr, Mami?", fragt Susi und rutscht ungeduldig auf dem Polster herum.

Der Gurt hält sie fest, sonst würde sie sich weiter vor lehnen, um den besten Blick zu haben.

„Ja, noch ein zwei Kurven, dann sind wir da."

Sie glaubt, schon das warme Glimmen zu erkennen. Hoffentlich können wir etwas langsamer und näher ran fahren, wünscht sie sich.

Da sie klein ist, sieht sie nach oben hin mehr durch die schmale Frontscheibe, als ihre Mutter. Aber es ist gut, diese so nah mit ihrem großen, weichen Körper neben sich zu haben. Was könnte alles passieren ...

Susi fühlt ein Kribbeln in der Magengegend, Mama zwinkert ihr zu und seufzt. Da ist er - der Vulkan! Und die Lava sprudelt ....

Wie oft hat man ihr erzählt, dass das keine Lava ist, sondern Schlacke - ein Abfallprodukt von einer schiefen Kuh - oder so.

„Kupferschiefer Bergbau!", heißt es dann jedes Mal. Links vor ihnen liegt nun die haushohe Halde.

Susi empfängt die wohltuende Hitze und riecht das Straßenbau-Aroma.

Mama meint, das wäre Blödsinn - die Lava würde sich so schnell erkälten, da könnte man die Temperatur im Vorbeifahren gar nicht bemerken. Erkalten! Ach Susi ...

Mutti behauptet, dass, wenn sie so fasziniert zuschaut, ihre Augen teuflisch flackern.

Susi beobachtet, wie sich die abwärts rollenden Feuerbälle mit dem Schwarz des Vulkangesteins und dem der Nacht mischen. Es ist ein feuerrotes Toben und sie meint Gesichter zu erkennen, die sich verformen; lachen, schreien und verstummen.

Ein Farbkontrast wie eine Mohnblume auf Asphalt. So kraftvoll, so gewaltig.

Ein Frösteln durchläuft ihren Körper, das sich bald in Wärme wandelt.

Die Feuerkugeln wandern groß und klein den Hang hinab. Manche langsam, schwer und zäh, einige schnell und elegant. Wie tintenschwarzer Kaugummi reißt die Masse hier und da auseinander und zeigt sein Inneres blutrot und dampfend.

Manchmal schimmert es rotgolden ...

Fast sind sie am Hang vorbei und Susi dreht den Kopf während des Fahrens nach hinten.

Wäre der Sicherheitsgurt nicht, würde sie auf die Rückbank krabbeln.

Das Glühen ist noch weithin sichtbar, ein immerwährender roter Fluss, der durch riesige Bagger stetig nachgefüllt wird.

Susi ist zufrieden und freut sich, es so deutlich gesehen zu haben. In ihr strömt eine Kraft, die sie mutig macht. Auf dem Hof wird sie heute ihre Freundin vor dem Dicken aus der dritten Klasse beschützen ...

Sie gleitet mit den Fingern über die rote Cordhose und es erinnert sie an die Lava.

Sie biegen in die Straße ein, wo die Schule steht.

„Nun trödel nicht so lange Susi, ich muss auf Arbeit ...", mahnt Mama, drückt ihr einen Kuss auf die Wange und schlendert los.

Vorn auf der Kreuzung lärmen Autos, Lastwagen und Busse.

Hupen ertönen und Bremsen quietschen. Motoren heulen auf, Auspuffrohre qualmen bläulich und vernebeln alles.

Mami winkt und hat versprochen, ein paar Kokosflocken aus dem Konsum zu kaufen.

Im Frühhort wird gemeinsam gefrühstückt. Die Erzieherinnen überprüfen die Hausaufgaben und dann ist noch Zeit, um zu spielen.

Aus Susis Klasse sind viele Kinder da. Teller und Tassen werden hin geräumt.

Heute gibt´s heißen Kakao und Hagebuttentee zum Trinken.

Sie nimmt eine Schnitte und streicht sie so mit Erdbeermarmelade ein, dass es darunter noch Schwarz vom Brot durchschimmert.

Rot und schwarz, wie jeden Morgen.

Mit einem Bildband aus dem Regal setzt sich später auf den Boden. Ach Vulkane ... Die Stimme der Erzieherin, die ihr erklärt, wo sich die feuerspeienden Berge befinden, ist leise und ihre Augen sind traurig.

Als Susi ihr aufmunternd zuflüstert, dass sie die Flammenhügel eines Tages vielleicht gemeinsam erkunden werden, streicht sie ihr langsam über die Stirn und lässt sie mit dem Buch allein.

- Nach einer wahren Begebenheit -

Arno Zirm

Herbstlicher Konjunktiv

Da haben wir noch ein paar brauchbare Tage
im bald in die Tonne geworfenen Jahr.
Vereinzelt noch Sonne, schnell dunkel am Abend.
Ansonsten zählt heut' nicht, was gestern mal war.

Die Loggia liegt voller rotbunter Blätter,
das Bänkchen steht mittendrin fast wie im Wald.
Und ich würde gerne mit Dir jetzt dort sitzen,
noch scheint ja die Sonne, doch Abend wird's bald.

Wir würden ganz eng aneinander dann rücken
auf unserem Bänkchen im Herbstsonnenschein,
nichts sagen und tun, ab und zu nur ein Küsschen
und wünschen, es müsste auf ewig so sein.

Die Ruhe im Wald kommt heraus auf die Straßen
und wir säßen da im entschwindenden Licht.

....

Doch es geht ja nicht.

Silke Weizel

Rosenrot

Durch Deinen Garten voll von schönstem
Rosenduft lauf ich an diesem Sommermorgen
Ein Hauch von frühem Nebel
hängt noch in den Wiesen
Schon bleib ich steh'n - um Blick für Blick
die klaren Formen zu genießen

Der Wind streift mir durchs Haar
und küsst die Wangen
Dein Brunnen singt ein Lied
von Liebe und von Glück
Ich bin in Deinem Rosenrot gefangen

Schon nimmst Du meine Hand, wir gehen leise
zu deinem Lieblingsort im Garten
„ich zeige dir die rosen, die ich mag"
Dich streift mein Blick
Du lächelst wissend stumm zurück,
ich kann es kaum erwarten

Ein Meer aus schwarzen Rosen tut sich auf
Ein Schwarz wie Samt im Morgenrot
Ein edles, sanftes Schwarz getaucht in Fantasie

„komm mit in meine welt der schönsten rosen
die welt ist ruhe, freude und magie"

Durch Deinen Garten voll von schwarzem
Rosenduft geh'n wir an diesem Sommermorgen
Der frühe Nebel hängt tief in den Wiesen
Der Wind streift uns durchs Haar
und küsst die Wangen
Dein Brunnen singt ein Lied
von Liebe und von Glück

Wir sind in Deinem schwarzen Rosenrot gefangen

Sina Blackwood

Stroh zu roter Seide
spinnen

Dina hatte es nicht leicht mit ihrem Vater, dem Gastwirt zum „Roten Hahn". Jedes Mal, wenn der einen über den Durst getrunken hatte, begann er mit Ausdauer Unsinn zu reden. Dann wurde die nahe Mühle zu einem Ungeheuer oder in ihr passierten seltsame Dinge. Diesmal saß der ganze Schankraum voller fremder Männer. Dina eilte mit ihren Krügen flink von Tisch zu Tisch, um alle bestmöglich zufriedenzustellen. Denn die Kleidung der Herren ließ vermuten, dass sie eher im Schloss, als auf dem Marktplatz zu Hause waren.

Hin und wieder spendierte einer dem Wirt einen Krug Bier oder ein Glas Branntwein. Und dann passierte wieder genau das, was Dina schon zitternd erwartete – ihr Vater fing an, seine Lügengeschichten zu erfinden. Die Bauern aus der Nachbarschaft suchten eilends das Weite, denn irgendwie roch es nach Ärger. Dina wäre vor Scham am liebsten im Boden versunken.

Eigentlich war es nur ihrer Schönheit und Anmut zu verdanken, dass überhaupt noch einer der jungen Männer aus dem Dorf in den „Roten Hahn" kam. Zuerst lachten die Fremden über

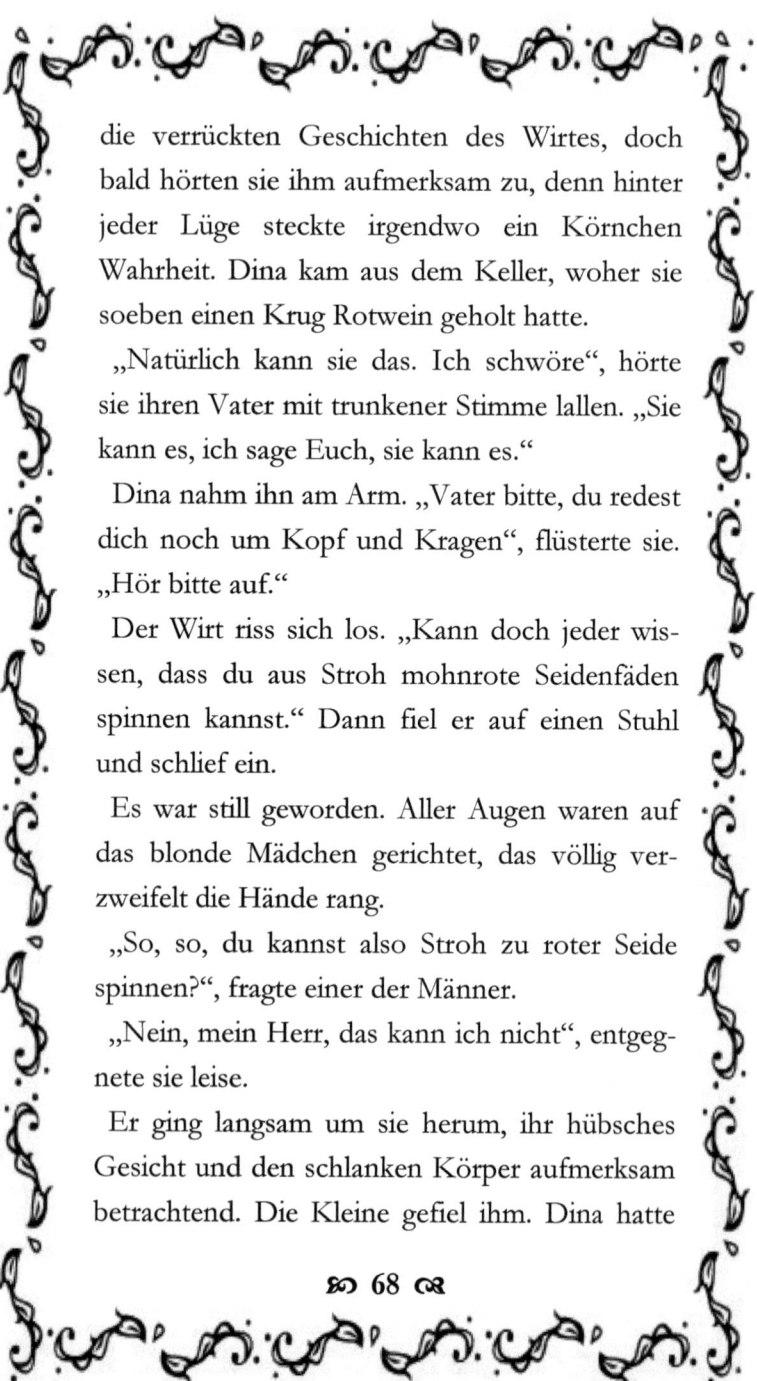

die verrückten Geschichten des Wirtes, doch bald hörten sie ihm aufmerksam zu, denn hinter jeder Lüge steckte irgendwo ein Körnchen Wahrheit. Dina kam aus dem Keller, woher sie soeben einen Krug Rotwein geholt hatte.

„Natürlich kann sie das. Ich schwöre", hörte sie ihren Vater mit trunkener Stimme lallen. „Sie kann es, ich sage Euch, sie kann es."

Dina nahm ihn am Arm. „Vater bitte, du redest dich noch um Kopf und Kragen", flüsterte sie. „Hör bitte auf."

Der Wirt riss sich los. „Kann doch jeder wissen, dass du aus Stroh mohnrote Seidenfäden spinnen kannst." Dann fiel er auf einen Stuhl und schlief ein.

Es war still geworden. Aller Augen waren auf das blonde Mädchen gerichtet, das völlig verzweifelt die Hände rang.

„So, so, du kannst also Stroh zu roter Seide spinnen?", fragte einer der Männer.

„Nein, mein Herr, das kann ich nicht", entgegnete sie leise.

Er ging langsam um sie herum, ihr hübsches Gesicht und den schlanken Körper aufmerksam betrachtend. Die Kleine gefiel ihm. Dina hatte die Augen niedergeschlagen, so entging ihr völlig das Interesse des gut aussehenden überaus reich gekleideten Edelmannes.

„Dein Vater hat es aber geschworen." Er ging noch einmal um sie herum, wobei er leicht ihre Schulter berührte.

Dina erschrak. Das Kleid, welches sie trug, war aus fast blutroter Seide genäht und auch die rot karierten Tischdecken der Wirtschaft hatten einen Rand aus ebensolchem Material.

„Egal", sprach der Fremde, „hat dein Vater gelogen, dann wird er im Kerker verrotten, wenn nicht, dann mache ich dich zu meiner Frau." Er warf ihr einen Beutel Silbermünzen zu, um die Zeche zu begleichen. Dina brachte das Geld in eine Truhe. Die Schankstube leerte sich.

„Nehmt sie mit", befahl der edle Herr. „Alle beide."

„Nein, so habt doch Erbarmen", flehte das junge Mädchen.

Umsonst. Einer der Reiter warf den volltrunkenen Wirt vor sich quer über das Pferd, ein anderer hob Dina auf sein Tier. Sicher hielt er sie im Arm, während sie im Galopp über die Wiesen dem Schloss entgegen ritten. „Es liegt ganz an dir, wie die Geschichte endet", flüsterte er ihr ins Ohr.

Dina schluchzte auf. Sie konnte es ja nicht einmal mit Schafwolle, wie sollte sie dann ausgerechnet Stroh zu Seide spinnen?

Auf dem Schlosshof ließ der Reiter Dina vom Pferd gleiten. An die anderen gewandt rief er: „Werft ihn in den Hungerturm, sie bringt ihr in das kleine Verlies an der Zugbrücke."

„Sehr wohl Majestät", antworteten die Diener und beeilten sich, seine Order zu erfüllen.

„Der König", hauchte die Tochter des Wirtes erbleichend. „Diesmal ist Vater eindeutig zu weit gegangen und ich werde ihm nicht helfen können."

„Damit wirst du wohl recht haben", antwortete ihr der Kerkermeister. „Sei froh, dass du nicht das Schicksal deines Vaters teilen musst. Noch nicht." Er verschloss hinter ihr die schwere Eisentür.

Man brachte ihr ein Spinnrad und mehrere Bündel Stroh. Bis tief in die Nacht war das herzzerreißende Schluchzen an der Zugbrücke zu hören.

Mit Glockenschlag Mitternacht raschelte es in Dinas Verlies. Sofort wurde sie still, sie lauschte. Ein meckerndes Lachen ließ ihr fast das Blut in den Adern gefrieren.

Auf dem Schemel des Spinnrades saß ein kicherndes Männlein mit grauem Bart. „Stroh zu roter Seide, wie witzig", brabbelte es vor sich hin, drehte sich abrupt zu Dina um, taxierte sie: „Na Süße, ein kleines Wunder gefällig?"

Ihre Antwort war eine Mischung aus Nicken und Kopfschütteln. Dem Gnom traten vor Lachen die Tränen in die Augen. „Willst du deinen Vater retten oder nicht?"

„Ich will es ja, aber ich kann es nicht", murmelte Dina.

„Vielleicht greife ich dir ja ein wenig unter die Arme. Natürlich am liebsten von hinten." Er leckte sich die wulstigen Lippen und kicherte widerlich.

Das zitternde Mädchen presste sich so heftig an die Wand, dass es schon an Wunder grenzte, dass sie darin keinen Abdruck hinterließ. „Was willst du dafür haben?", fragte es scheu.

Der Zwerg sprang von seinem Sitz. Ganz langsam kam er auf sie zu, streckte die dünnen Spinnenfinger aus und zog das kleine goldene Medaillon aus ihrem Ausschnitt, welches ihr einst ihre Großmutter geschenkt hatte.

„Nimm es", flüsterte sie.

Das Männlein ließ es in seiner Tasche verschwinden, setzte sich ans Spinnrad und begann, seltsame Worte zu murmeln. Vor Dinas Augen bildete sich ein roter Strudel. Dass sie zu Boden stürzte, merkte sie nicht mehr.

Ein heftiges Rütteln an der Schulter weckte sie. Der Kopf schmerzte, ihr war übel und nur ganz langsam kam die Erinnerung wieder. Vorsichtig öffnete sie die Augen. Neben ihr auf dem Boden lagen vier Spulen mit dem feinsten Seidenfaden in leuchtendem Rot. Jede Mohnblume wäre vor Neid erblasst.

Dina hatte erwartet, dass man sie und ihren Vater nun freilassen würde. Stattdessen brachte man einen Webstuhl in ihren Kerker.

„Bis übermorgen früh webst du aus der Seide einen ganzen Ballen Stoff oder dein Vater wird es büßen", hieß der Befehl.

Dina weinte sich wieder in den Schlaf und erneut erschien pünktlich um Mitternacht der

Zwerg. „Na mein Schatz, was darf ich diesmal für dich tun?"

„Nichts, denn ich kann dir nichts mehr geben", sagte die Wirtstochter mit tonloser Stimme.

Mit gierig funkelnden Augen spazierte das Männlein vor ihr auf und ab. „Wie wäre es, wenn du als Gegenleistung deine Hochzeitsnacht mit mir verbringst?"

„Niemals!" Dina wurde übel bei dem Gedanken, dass dann diese dürren Spinnenfinger oder gar diese wulstigen Lippen über ihren Körper wandern würden.

„Hast du eine andere Wahl?", zischte der Kleine giftig. „Willst du nun deinen nutzlosen Alten befreien, oder nicht? Kannst du mir sagen, wie ich heiße, dann lasse ich dich in Ruhe. Ich gebe dir bis morgen Zeit für die Antwort." Im selben Augenblick war er verschwunden.

Stattdessen machte es vor dem vergitterten Fenster: „Pst, pst, pst."

Dina spähte vorsichtig hinaus. Im schlammigen Wasser des breiten Grabens unter der Zugbrücke, verborgen hinter Gestrüpp, tauchte Mario, der Müller, auf. „Ich habe gehört, weshalb man euch mitgenommen hat. Ich möchte dir helfen."

Dina klagte ihm ihr Leid und auch, was der hässliche Zwerg verlangte.

„Na verstehen kann ich ihn schon", murmelte Mario. Eine Nacht bei der Schönen zu liegen hätte ihm auch nicht schlecht gefallen.

„Was hast du gesagt?", fragte Dina.

„Dass ich mich sofort auf die Suche nach dem Männlein mache", entgegnete Mario geistesgegenwärtig. Er kletterte die Böschung hinauf und verschwand in der Nacht. „Ausgerechnet die Hochzeitsnacht mit ihr verbringen, das könnte dem Lustmolch so passen", brummte er verstimmt. Schnurstracks suchte er die alte Kräuterfrau auf, die um diese frühe Stunde meist schon auf den Beinen war.

„Du suchst also das Zaubermännlein", sinnierte sie. „Ja, ja, von dem hab ich schon gehört. Das soll ganz oben in den Bergen hausen. Nur seinen Namen, den kennt wohl niemand. Es heißt, dass der, der den Namen ausspricht, drei Wünsche frei hat."

Mario bedankte sich und versprach ihr einen halben Sack vom feinsten Mehl, auch wenn er das Männlein nicht finden sollte.

Mit ein wenig Mundvorrat zog er ins Gebirge. Mittags, als die Sonne das Land unter Glut fast erstarren ließ, hörte er vor sich ein widerliches Kichern. Vorsichtig spähte er über einen Felsblock. In einer Mulde tanzte ein Zwerg um ein Feuer und sang: „Heute back ich, morgen brau ich und übermorgen mach ich der Königsbraut ein Kind. Ach wie gut das niemand weiß, dass ich Rumpelstilzchen heiß."

„Mistkerl", quetschte Mario zwischen den Zähnen hervor. „Das werde ich zu verhindern wissen."

Noch vor Mitternacht erreichte er Dinas Verlies. Flüsternd berichtete er, was er erlebt und gehört hatte. Als er wieder ging, bat er traurig. „Vergiss mich nicht ganz, wenn du Königin bist. Lebewohl."

Augenblicke später erschien der Gnom, gut gelaunt und kichernd wie immer. „Nuuun???" Er dehnte die Frage genüsslich.

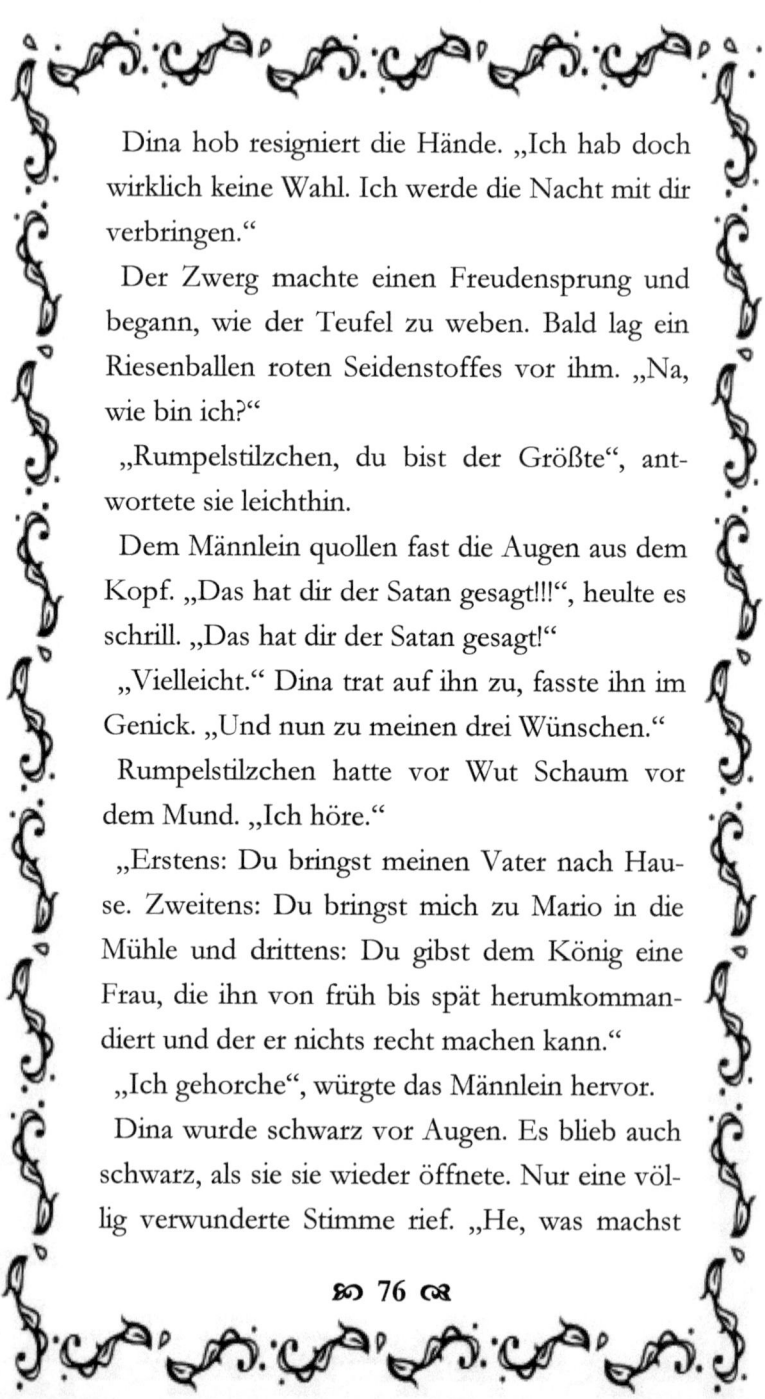

Dina hob resigniert die Hände. „Ich hab doch wirklich keine Wahl. Ich werde die Nacht mit dir verbringen."

Der Zwerg machte einen Freudensprung und begann, wie der Teufel zu weben. Bald lag ein Riesenballen roten Seidenstoffes vor ihm. „Na, wie bin ich?"

„Rumpelstilzchen, du bist der Größte", antwortete sie leichthin.

Dem Männlein quollen fast die Augen aus dem Kopf. „Das hat dir der Satan gesagt!!!", heulte es schrill. „Das hat dir der Satan gesagt!"

„Vielleicht." Dina trat auf ihn zu, fasste ihn im Genick. „Und nun zu meinen drei Wünschen."

Rumpelstilzchen hatte vor Wut Schaum vor dem Mund. „Ich höre."

„Erstens: Du bringst meinen Vater nach Hause. Zweitens: Du bringst mich zu Mario in die Mühle und drittens: Du gibst dem König eine Frau, die ihn von früh bis spät herumkommandiert und der er nichts recht machen kann."

„Ich gehorche", würgte das Männlein hervor.

Dina wurde schwarz vor Augen. Es blieb auch schwarz, als sie sie wieder öffnete. Nur eine völlig verwunderte Stimme rief. „He, was machst du in meinem Bett?" Dann wurde eine Kerze angezündet.

„Dina???"

„Mario? Dann haben meine drei Wünsche tatsächlich funktioniert", jubelte die Wirtstochter überglücklich.

Mario zog sie in seine Arme. „Heißt das, dass nun ich die Hochzeitsnacht mit dir verbringen kann?"

„Gern, du musst mich vorher nur heiraten", lachte Dina. „Lieber sieben Tage die Woche schneeweißes Mehl, als noch ein einziges Mal mohnrote Seide." Sie zog sich vor dem verblüfften Müller nackt aus, warf ihre Kleider in die noch glimmende Asche des Kamins, wo sie sofort Feuer fingen und restlos verbrannten. Dann kuschelte sie sich zu ihm unter die Decke. „Und denke daran, das, was Rumpelstilzchen vor hatte, gibt es wirklich erst in der Hochzeitsnacht."

„Versprochen", schmunzelte Mario. „Bis dahin passe ich eben auf."

Iris Fritzsche

Der rote Teufel

Vor langer Zeit lebte eine zänkische Frau, zusammen mit ihrem zu Wutausbrüchen neigenden Mann, auf einem abgelegenen Bauernhof. Dorthin waren sie gezogen, weil es ihretwegen im Dorf häufig Streit gegeben hatte. Seltsamerweise liebten sich die beiden trotz ihrer schwierigen Charaktere herzlich. Und wie nicht anders zu erwarten, bekamen sie ein Baby. Sie nannten den Jungen Hannes. Es war ein hübscher kleiner Junge mit dichtem rotem Haar. Leider hatte er viele Charakterzüge seiner Eltern geerbt. Ging etwas nicht nach seinem Willen, warf er sich auf den Boden, strampelte und schrie, bis er puterrot wurde. Als er größer war, versteckte er sich hinter den Büschen, erschreckte und neckte die Mädchen. Er zog an ihren Zöpfen, bis sie schreiend und heulend davon rannten. Er aber lachte schallend über seinen gelungenen Spaß. Die Eltern erkannten zwar in ihm ihre eigenen Fehler, wurden aber bald mit ihrem Sprössling nicht mehr fertig. Weder schimpfen noch Schläge oder Arrest im Schuppen halfen.

Eines Tages jedoch nahte Hilfe in Gestalt eines Mönches. Dieser erbot sich, den Knaben mitzunehmen und sich um seine Erziehung zu kümmern. Freudig willigten die Eltern ein. Der Junge hingegen zeigte wenig Begeisterung für den Vorschlag. Schnell wurden einige Sachen zusammengepackt. Der Mönch ergriff den Arm des zeternden Kindes und zog es, ohne es zu beachten, mit sich. Als sie hinter der Bergkuppe verschwunden waren, blieb der Mönch abrupt stehen. Hannes prallte ungebremst gegen seinen Rücken und vergaß vor Schreck, weiter zu schreien.

Der Mönch grinste. „Bravo! Hast ein kräftiges Stimmchen. Auch sonst bist du ganz nach meinem Geschmack."

Hannes begann zu zittern. Wollte der Mönch ihn etwa verspeisen? Dieser ahnte wohl, was der Junge dachte. Donnerndes Gelächter war die Antwort auf die unausgesprochene Frage. Mit einem kräftigen Ruck riss sich der Mönch sein Gewand auf. Was darunter zum Vorschein kam, erschreckte den Jungen noch heftiger. Dichtes schwarzes Zottelfell quoll heraus. Und unter der Kapuze erschienen spitze Ohren und zwei Hörner, wie er sie bisher nur bei den Ziegenböcken im Haus seiner Eltern gesehen hatte.

„Sollst auch welche haben", sprach der Mann, der bis gerade eben ein Mönch gewesen war. „Musst sie dir aber verdienen. So, und jetzt gehen wir erst einmal zu mir nach Hause. Dort beginnt deine Ausbildung. Außerdem wirst du mich ab sofort mit Meister ansprechen. Hast du das verstanden?"

Der Junge nickte verstört. Eigentlich hatte er, einen neuen Wutausbruch starten wollten. Doch als er die Rede vernahm und dabei in zwei glühende Augen blickte, blieb ihm dieser im Halse stecken. Artig trottete er seinem neuen Meister hinterher, bis sie an seine Behausung kamen. Es war jedoch weder ein Haus noch eine Scheune, ja nicht einmal ein Stall. Es sah aus, als wären einfach ein paar große Stämme an der Spitze zusammengebunden worden. Bis heute hatte er immer die Leute erschreckt, doch nun gruselte es ihm selbst. Der Meister bemerkte dieses mit einem wahrhaft teuflischen Grinsen. Wie erstaunt war Hannes aber, als er das seltsame Haus betreten hatte. In der Mitte brannte ein großes Feuer. Darüber hing in einem Gestell ein riesiger Kessel, in dem es brodelte und zischte.

„Deine erste Aufgabe wird es sein, dafür zu sorgen, dass das Feuer niemals ausgeht", hörte er den Meister sagen. Das war gar nicht so einfach, wie er sich das vorgestellt hatte. Doch der Meister brachte ihm die ersten Zaubersprüche bei, welche ihm die Arbeit erleichterten. Diese eigneten sich auch vorzüglich, Dorfbewohner mit Holz zu bewerfen, wie er schnell feststellte. Die Zeit verging. Er lernte viele für ihn interessante Dinge, die er auch weidlich nutzte, um damit Unfug anzustellen. Dass er sich allmählich körperlich veränderte, blieb zunächst unbemerkt. Bis eines Tages beim Ankleiden seine Hosen zerplatzten. Als er sich daraufhin im Spiegel anschaute, sah er, dass sein ganzer Körper mit einem dichten roten Fell bedeckt war.

„Nun, ich glaube, du brauchst jetzt keine Kleidung mehr", meinte sein Meister, der plötzlich hinter ihm stand. „Ich hatte dir doch eine Belohnung versprochen, wenn du alle Aufgaben nach meinen Vorstellungen erledigst. Gefällt dir dein neues Äußeres? So kannst du die Menschen noch besser erschrecken. Aber deine Verwandlung ist noch nicht komplett! Jetzt werden wir deine Ernährung umstellen. Bisher durftest du den Kessel nur umrühren. Jetzt sollst du auch von seinem Inhalt kosten und lernen, wie man ein schmackhaftes Süppchen zubereitet."

Der Junge griff sich einen Löffel und kostete vorsichtig. Es vergingen weitere Wochen. Die Veränderungen schritten immer weiter voran. Bald war nicht nur der Körper völlig mit Fell bedeckt, auch seine Hände und Füße verwandelten sich zu Tatzen mit Krallen. Zwischen seinen puschelbesetzten Ohren wuchsen zwei, leicht gedrehte, spitze Hörner. Inzwischen war er den dritten Winter bei seinem Meister. Er hatte viele Zaubereien und Boshaftigkeiten gelernt. Ganz wie er es sich gewünscht hatte.

Eines Abends rief ihn der Meister zu sich. „Höre! Es ist an der Zeit, dass du eigene Wege gehst. Morgen suchst du dir eine eigene Behausung."

Also machte sich Hannes am nächsten Tag auf den Weg. Es dauerte nicht lange, da entdeckte er in den Bergen oberhalb seines früheren Heimatdorfes eine Höhle. Dort wollte er sein neues Quartier einrichten. Aus den Ställen im Dorf stahl er große Strohballen, um sich die Höhle gemütlich einzurichten. Was die Dörfler gewaltig erzürnte. Von seinem Meister hatte er zum Abschied noch einen nagelneuen Kessel bekommen. Dieser wurde natürlich gleich eingeweiht.

Als die wütenden Dörfler die Höhle erreichten und dort den feuerroten Teufel neben seinem Kessel sitzen sahen, bekamen sie Angst. Sie machten schleunigst kehrt.

Den Daheimgebliebenen erzählten sie, was sie gesehen hatten. Weil aber alle durcheinander sprachen, wurde aus dem Wort HÖHLE das Wort HÖLLE. Seit diesem Ereignis wohnt in allen Erzählungen der Leute ein feuerroter Teufel in der Hölle.

Silke Weizel

(Morgenröte) Ozeane

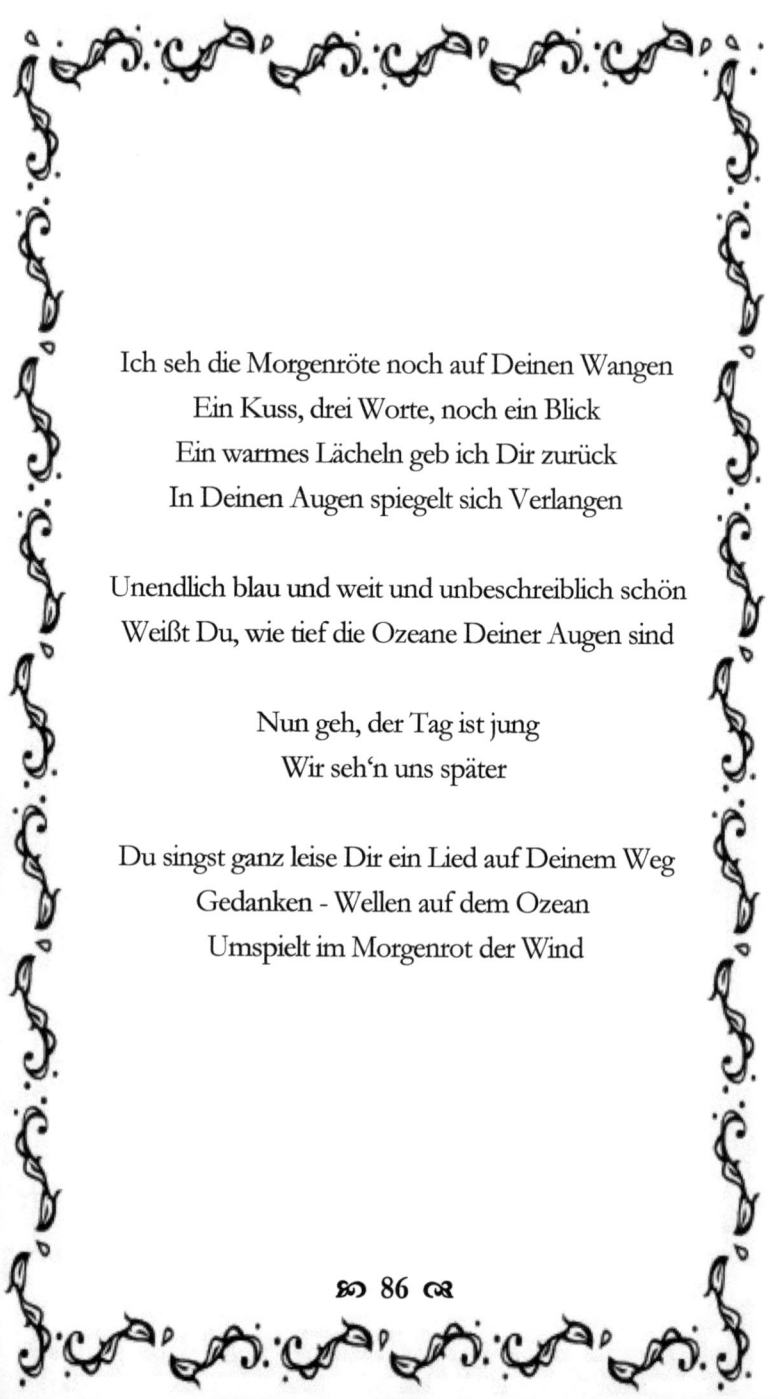

Ich seh die Morgenröte noch auf Deinen Wangen
Ein Kuss, drei Worte, noch ein Blick
Ein warmes Lächeln geb ich Dir zurück
In Deinen Augen spiegelt sich Verlangen

Unendlich blau und weit und unbeschreiblich schön
Weißt Du, wie tief die Ozeane Deiner Augen sind

Nun geh, der Tag ist jung
Wir seh'n uns später

Du singst ganz leise Dir ein Lied auf Deinem Weg
Gedanken - Wellen auf dem Ozean
Umspielt im Morgenrot der Wind

Sina Blackwood

Büroromanze

Die strahlend rosa Büroklammer hatte sich unsterblich in den signalroten Blockhefter verliebt. Sie nutzte jede Gelegenheit, selbst die belanglosesten Notizen zusammenzuhalten, weil sie wusste, so werde sie immer wieder in seine Nähe kommen. Denn er war der Eine, der Besondere, jener, der allem eine Art Endgültigkeit verlieh, indem er es mit einer festen Klammer verband, ehe es auf Nimmerwiedersehen in irgendwelchen Ordnern verschwand. Weil er auch Geheimpapiere mit einer roten Ecke versehen dufte, war er der Traumtyp schlechthin.

Dass Rot auch Gefahr symbolisiert, schien die rosa Klammer nicht zu wissen. Genau so wenig, dass sie nicht als Einzige, dem Charme des großen, starken Blockhefters erlegen war. So rangelten sich fast dreißig farbenfrohe Büroklammern darum, wenigstens ein Mal in der Woche, die Gesellschaft des Recken genießen zu dürfen. Die dabei Erfolgreichste, war die Dame im fast neonpinken Kleid, das dem Heftgerät einfach auffallen musste. Sie ahnte nicht einmal, dass ihr Traumtyp neben neonfarbenen auch nach roten, oder anderen, auffallenden, weithin sichtbaren, Klammern gierte, die sich in seine Reichweite begaben. In ihrem verbissenen Eifer, immer ganz oben im Spender zu liegen, griffbereit für die Menschen, um zu ihrem Idol zu gelangen, bemerkte sie nicht, dass sich das strahlende Pink im Übereifer langsam abnutzte, in Altrosa verwandelte und die anderen bereits hämisch zu grinsen begannen.

Der Blockhefter verdrehte irgendwann gelangweilt die Augen, immer wieder dieselbe Büroklammer beglücken zu müssen, die immer weniger Wert auf ihr Äußeres zu legen schien. Das Einzige, was den alten Fuchs überhaupt interessierte, weil der Stall doch voller Hühner war. Schließlich entwickelte er einen fiesen Plan, sie loszuwerden.

Als es eines Tages besonders chaotisch auf dem Schreibtisch zuging, witterte er seine Chance. Er umarmte die selig lächelnde Büroklammer fest, als wolle er sie nie mehr loslassen. Dann tuckerte er sie mit einer raschen Bewegung am zu archivierenden Papier fest und stand im nächsten Augenblick wieder auf dem Tisch, als sei nichts geschehen.

Die abgenutzte rosa Klammer kam erst im finsteren Archiv wieder zu sich, aus ihrer Glückseligkeit. Es dauerte mehrere Tage, ehe sie begriff, dass sie nicht nur abgenutzt, sondern für immer abgelegt worden, war. Und sie begann, die Bezeichnung der Menschen für den roten Verführer zu favorisieren, die diesen kurz „Klammeraffe" nannten. Zudem wünschte sie ihm baldigen Rost an sämtliche Scharniere oder einen Riss der Zugfeder. Wirklich schade, dass sie das nicht miterleben werde.

Aber wenn es ihr wider Erwarten gelingen sollte, ins richtige Büroleben zurückzukehren, wie es hin und wieder bei anderen Klammern vorgekommen war, dann werde sie dafür sorgen, dass er beim nächsten Zubeißen für alle Ewigkeiten blockiert bliebe!

Wohlig in bösen Gedanken schwelgend, widmete sie sich der intensiven Konversation mit anderen, auf gleiche Weise, abgelegten Büroklammern, auf dass die Rache gelinge!

Lenard James Cropley

Verstoßen

Rot - das Blut, das uns bindet

Rot - die Liebe, die nicht findet

Rot - der Faden, der uns kennt

Rot - deine Wut, die uns trennt

Iris Fritzsche

Erkenntnis

Ich hab mal drüber nachgedacht,
in einer langen, dunklen Nacht:
Der Winter ist ein Dreigestirn,
so blitzte es durch mein Gehirn.

Da wär als Nummer eins der Schnee.
Ganz hübsche Flocken, die ich seh.
Doch kommt die Sonne noch dazu,
sind's Wassertropfen dann im Nu.

Und dann der Frost als Nummer zwei,
eilt blitzschnell mit dem Wind herbei.
Der wird auch gleich die Nummer drei.
Und sorgt für manche Neckerei.

Gemeinsam fallen sie sodann,
die zarten kleinen Menschlein an.
Sie kneifen, beißen, blasen
in ihre Ohren, Wangen, Nasen.

Die Nase rot, die Wangen glüh'n
als eilig sie nach Hause zieh'n.
Das Dreigestirn hat es geschafft,
hat aus viel Weiß viel Rot gemacht.

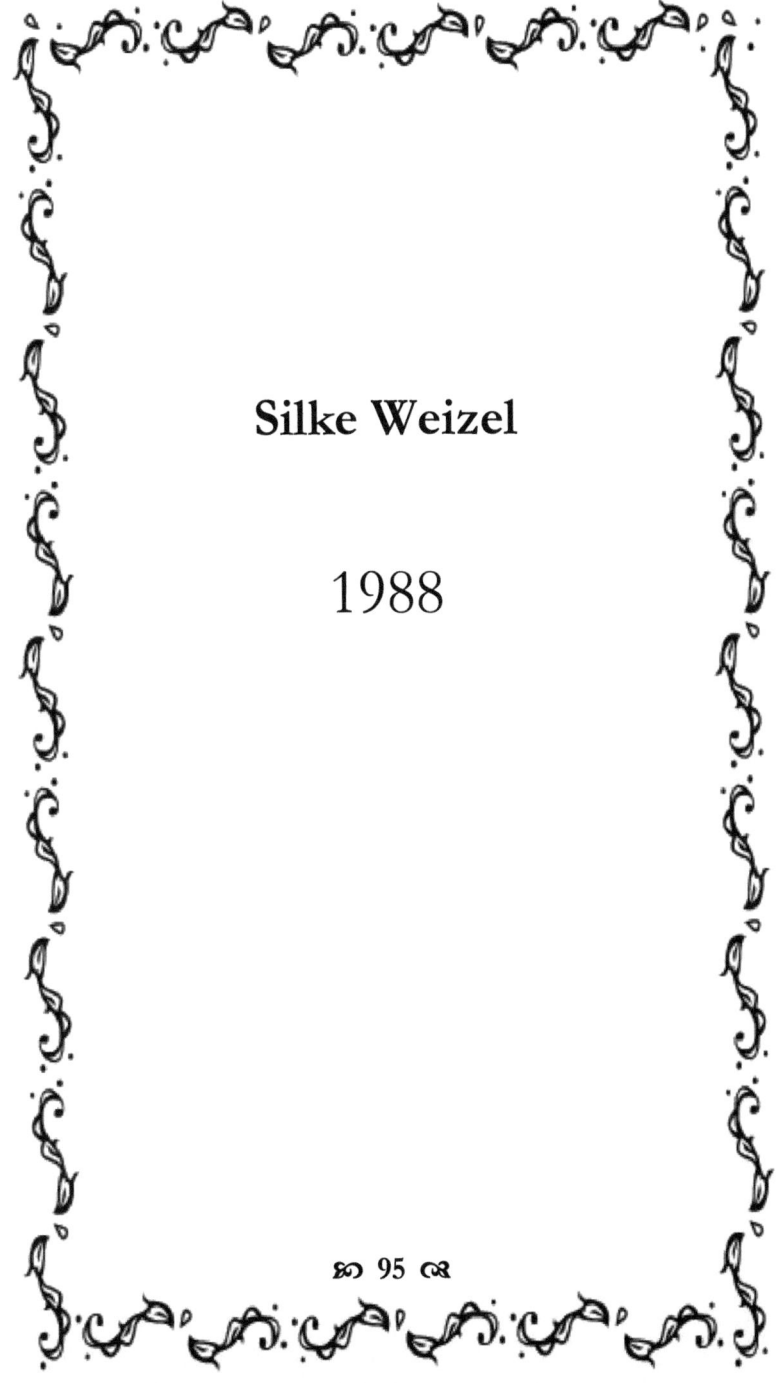

Silke Weizel

1988

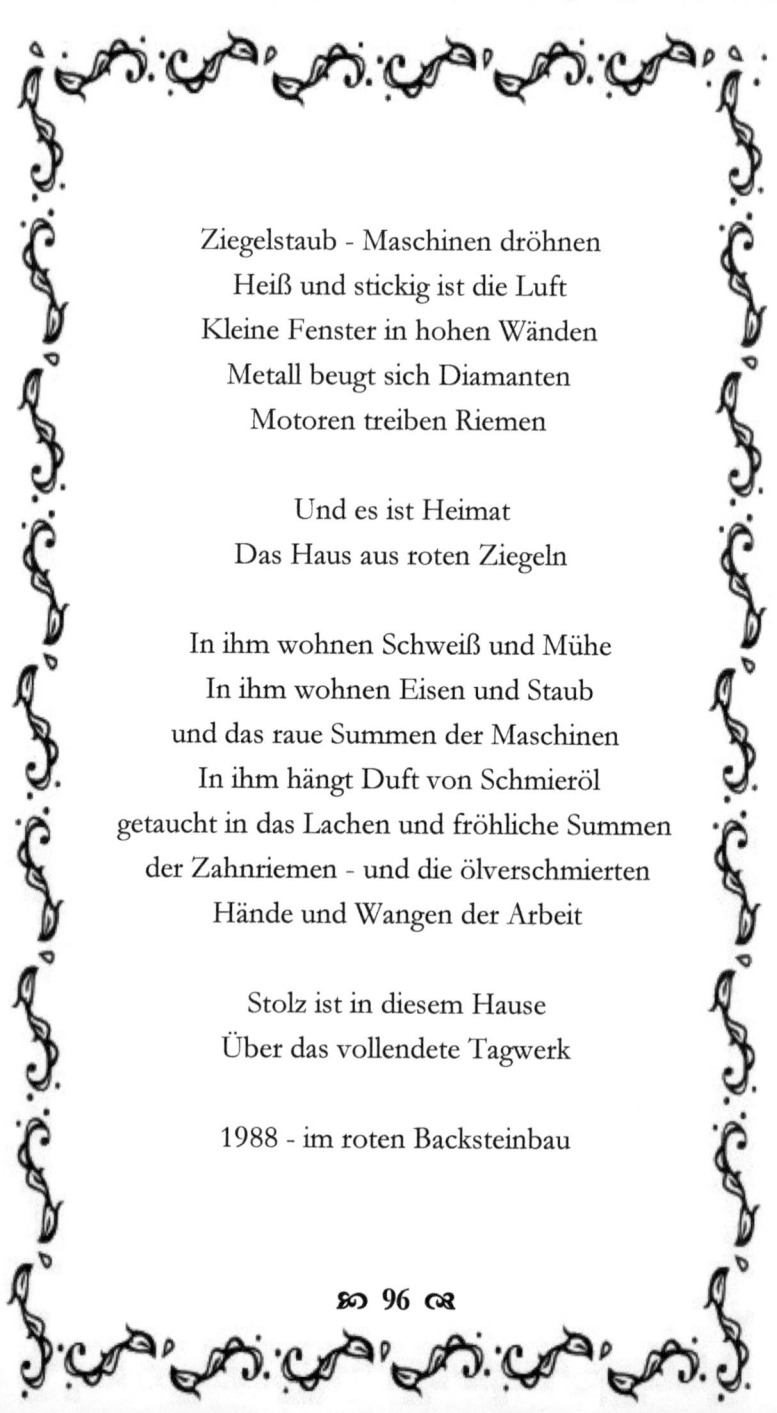

Ziegelstaub - Maschinen dröhnen
Heiß und stickig ist die Luft
Kleine Fenster in hohen Wänden
Metall beugt sich Diamanten
Motoren treiben Riemen

Und es ist Heimat
Das Haus aus roten Ziegeln

In ihm wohnen Schweiß und Mühe
In ihm wohnen Eisen und Staub
und das raue Summen der Maschinen
In ihm hängt Duft von Schmieröl
getaucht in das Lachen und fröhliche Summen
der Zahnriemen - und die ölverschmierten
Hände und Wangen der Arbeit

Stolz ist in diesem Hause
Über das vollendete Tagwerk

1988 - im roten Backsteinbau

Lenard James Cropley

Bordeaux

Im Burghof
zwischen englischen Rosen,
bei herbem Wein, lauschten wir
den Stimmen, deren Reime
sich zu Liedern formten.

Leise Töne schwebten
über Mauern
und im alten Turm
schlug die Stunde neun.

Dann zündete der Abend
seine Fackeln an.
Der Himmel brannte, als ob
er von unser´m Trank genascht
und die Couleur gestohlen hätte.

Flammen züngeln,
lodern wild
und fegen lautlos
über Weizenfelder.

Langsam legte sich
ein dunkler Fächer
über die Wolken.
Und aus kleinen Ritzen
schlich sich sanft das Licht.

Sina Blackwood

Miriam, lass dein rotes Haar herunter

König Gero war sicher tausend Mal auf seinen Jagdzügen an dem alten Turm vorbei geritten. Das Gemäuer stand schon seit mindestens zwei Jahrhunderten auf dem Berg, fernab von jeglicher, menschlicher Behausung, und niemand kümmerte sich darum. Das schwere Eichenholztor war schon vor langer Zeit zu Staub zerfallen und irgendjemand hatte den Aufgang zum Turm zugemauert. Der junge König würdigte das Bauwerk keines Blickes, als er tief in den Wald zur Hirschjagd zog. Seine Jagdgesellschaft hatte er schon vor mehr als zwei Stunden verloren, was ihm so ziemlich egal war. Er liebte die Einsamkeit des Waldes. Irgendwann würden die anderen schon irgendwo wieder auftauchen. Heute war das Glück Gero nicht hold. Nicht ein einziges jagdbares Stück Wild ließ sich sehen, als läge ein böser Zauber über dem Wald. Gero gab auf. Unzufrieden machte er sich auf den Rückweg zum Schloss. Besorgt betrachtete er zwischen den Baumwipfel hindurch den Himmel, der sich von Minute zu Minute verfinsterte. Die ersten Sturmböen fegten heran, unter deren Wucht sich die alten Tannen bogen. Ein Heulen und Kreischen lag in der Luft, als tanzten tausende

Dämonen einen bösen Reigen. Äste brachen und prasselten herab. Das Pferd des Königs scheute ein paar Mal. Nur mit Mühe brachte er das zitternde Tier vorwärts. Am Waldrand verweigerte es endgültig seinen Dienst. Gero nahm dem Tier Sattel und Zaumzeug ab, dann ließ er es laufen, wohin es immer mochte. Der König schaute sich um. Im strömenden Regen glaubte er, ein rötliches Leuchten gesehen zu haben. Ungläubig machte er sich auf den Weg. Mit dem Sattel schwer beladen kämpfte er gegen die Übermacht des Sturmes an. Er hatte sich nicht geirrt. Das Licht gab es tatsächlich, nur der Ort, wo es schien, verwunderte ihn sehr – das höchste Fenster des Turmes.

Er erreichte das Gemäuer, legte seinen Sattel ab, um den verborgenen Eingang zu finden. Umsonst bei der Tiefe der Finsternis. Nicht einmal das Abtasten mit den Händen brachte ein Ergebnis. Überall Mauern. Also stellte er sich unter das Fenster und schrie gegen Sturm und Donner an: „Hallo! Ist da jemand?" Statt einer Antwort wurde ihm ein dickes Tau zugeworfen, welches aus einem seidigen Material geflochten war und anziehend duftete. Ohne zu überlegen, hangelte sich Gero empor. Er hatte nur noch einen Wunsch – raus aus Nässe und Kälte, egal wie. Schnell erreichte er das Fenster. Kaum stand er mit beiden Füßen fest auf dem Boden der Turmkammer, zog ihm der unsichtbare Retter das Seil aus den klammen Fingern. Höchst verwundert schaute sich König Gero um. Im Kamin brannte ein wärmendes Feuer, zwei Becher mit heißem Tee standen auf einem kleinen Tisch bereit. Ein Himmelbett und eine bunte Truhe vervollständigten die Inneneinrichtung. Gero streckte seine Hände dem Feuer entgegen. Die feuchte Kleidung klebte unangenehm am Körper. Etwas verstört schaute er sich noch einmal um. „Wo bist du?", murmelte er.

„Ich bin hier", flüsterte es hinter ihm. Die schmale Tür hatte er im Zwielicht glatt übersehen. Zwei große grüne Augen in einem schmalen, blassen Gesicht schauten ihn neugierig an. Ein zierliches Geschöpf mit seidigem rotem Haar, das mehrfach geflochten wie ein Umhang über seinen Rücken fiel, trat ins Zimmer.

Gero fühlte einen Stich im Herzen. „Wer bist du? Warum hast du dich versteckt?"

„Ich heiße Miriam." Sie trat noch einen Schritt näher. „Ich habe dir ein heißes Bad bereitet. Komm."

Gero folgte ihr nur zu gern, alle Vorsicht vergessend. Er streifte sein Wams und sein Hemd ab. Miriam machte keine Anstalten, den Raum zu verlassen. Unverwandt schaute sie ihm zu. „Lebst du schon lange hier?", fragte Gero.

„Schon immer", kam prompt die Antwort.

„Und seit wann ist dieses Immer?", wollte er nun doch etwas genauer wissen.

Miriam hob hilflos die Schultern. „Ich weiß es nicht. Ich war noch zu klein, als man mich hierher brachte, um mich daran erinnern zu können."

Gero hatte inzwischen Stiefel und Hose ausgezogen. Nur mit einer knappen Unterhose bekleidet wartete er eigentlich darauf, dass sie gehen würde. „Gut, fragen wir anders: Wie alt bist du jetzt?"

„Zwanzig." Sie schaute ihn wieder mit einem jener Blicke an, die ihm wohlige Schauer über den Rücken jagten. ‚Sie ist sicher alt genug, um nicht in Ohnmacht zu fallen, wenn sie einen nackten Mann sieht', dachte er sich, als er seine

Unterhose ablegte. Miriam machte eine über-
raschte Bewegung. Dann hob sie seine nasse
Kleidung auf, um sie zum Trocknen vor den
Kamin zu hängen. Gero schloss die Augen. Das
Bad tat ihm eindeutig gut. Er seufzte und hatte
Mühe, ein Gähnen zu unterdrücken.

„Du bist sicher sehr müde", hörte er Miriams
Stimme an seinem Ohr. Er hatte nicht bemerkt,
dass sie wieder hereingekommen war. Gero
nickte. „Dann werde ich mein Bett mit dir teilen", sagte Miriam.

Geros Herz machte einen Sprung. Dabei war
er mittlerweile ziemlich überzeugt, dass ihr niemand die Sache mit den Blümchen und Bien-
chen erklärt hatte. Es war nicht einmal klar, ob
sie vorher gewusst hatte, dass es gewisse Unter-
schiede zwischen Männern und Frauen gab. Ihr
erstaunter Blick war ziemlich eindeutig gewesen.
Egal, er sehnte sich einfach danach, diese Frau
in seinen Armen zu halten. Und ganz sicher gab
es keinen besseren Ort dafür, als ein Bett.

Draußen tobte noch immer das Unwetter,
Blitze zuckten und das Donnergrollen erschüt-
terte den ganzen Turm. Gero hatte Mühe, seine
offensichtliche Vorfreude unter dem Handtuch

zu verbergen, welches er sich um die Hüfte schlang. Kaum im Bett, war er derjenige, der große Augen machte. Was unter Miriams langem Kleid zum Vorschein kam, machte Appetit auf mehr. Knallrote Spitzendessous und Seidenstrümpfe. Mit schnell wachsender Begeisterung beobachtete der König die Frau seiner Begierde, die so herrlich unschuldig und völlig arglos war. Bevor sie BH und Slip ablegen konnte, zog er sie ins Bett. Die Decke, nur für eine Person gedacht, veranlasste Miriam, sich eng in Geros Arme zu schmiegen. Gero atmete den Duft ihres Haares und begriff, auf welche Weise sie ihn zu sich geholt hatte. Er begann, sanft ihren heißen Körper zu streicheln, brachte es aber nicht über das Herz, mehr zu verlangen. Wie ein Schuft hätte er sich gefühlt, hätte er ihre völlige Ahnungslosigkeit ausgenutzt. „Ich muss dich wiedersehen", flüsterte er.

„Dann komm morgen Nacht zu mir. Ich werde dich erwarten", entgegnete sie leise, bevor ihr ein schier endloser Kuss den Atem nahm. In seinen Armen schlief sie ein. Noch vor dem Morgengrauen weckte sie ihn. „Du musst gehen", bat sie ihn, wobei sie immer wieder nervös zum Fenster spähte.

„Was ist passiert?"

„Meine Stiefmutter wird gleich hier sein. Sie darf dich nicht finden. Bitte geh jetzt und komm heute Nacht wieder." Miriam löste ihr wundervolles rotes Haar, knotete es einmal um das Fensterkreuz, dann warf sie den Zopf in die Tiefe. Gero drückte sie noch einmal liebevoll an sich, dann glitt er rasch an ihrem Haar an der Mauer hinunter.

Bevor er einen klaren Gedanken fassen konnte, war der Zopf wieder verschwunden und der Turm sah aus wie eh und je. Gero griff seinen Sattel, dann beeilte er sich, möglichst weit vom Turm wegzukommen, ehe die Sonne aufging. Miriam schien wahnsinnige Angst vor ihrer Stiefmutter zu haben. Sie hatte nicht einmal nach seinem Namen gefragt, um ihn nicht zufällig zu gefährden. Irgendwann gabelte ihn ein Suchtrupp auf, der schon die ganze Nacht die Wälder durchkämmt hatte, nachdem sein Pferd ohne Reiter und Zaumzeug zum Schloss zurückgekehrt war.

„Wo warst du denn?", fragte sein Berater und Freund Tamik.

„Uninteressant", winkte Gero ab. „Kümmere dich lieber, wo und warum in den letzten zwanzig Jahren plötzlich ein kleines rothaariges Mädchen verschwunden ist. Na mach schon!", herrschte er ihn an, als Tamik vor Staunen der Mund offenblieb. Den großen Rest des Tages war er nicht zu sprechen. Gero träumte. Von Miriam, ihrem fast zerbrechlich wirkenden schlanken Körper, an dem ansprechende Rundungen trotzdem an genau den richtigen Stellen saßen und von dem, was er unter aufreizend roter Spitze im Verborgenen gelassen hatte.

Mit dem Sonnenuntergang ritt er auf einem schwarzen Pferd vom Hof, eingehüllt in einen ebenfalls schwarzen Umhang. Kaum lag das Tor hinter ihm, trieb er das Tier im Galopp die Wege entlang. Er band es vor dem Turm mit langem Zügel an einen Strauch.

„Miriam! Miriam!", rief er mit Herzklopfen.

Einen Augenblick später stieg er schon an ihrem Zopf hinauf in ihr Zimmer. Miriams Augen leuchteten wie zwei smaragdgrüne Sterne, als sie sich in seine Arme warf. Bevor Gero einen klaren Gedanken fassen konnte, ließ sie schon ihr Kleid von den Schultern gleiten.

„Rot ist meine Lieblingsfarbe", hauchte sie, als er seinen Blick über ihren Körper huschen ließ.

„Ich glaube, meine auch." Er streifte ihr sacht den letzten schützenden Stoff vom Körper. In dieser Nacht nahm Gero alles, was sie ihm gab. Von nun an kam er Nacht für Nacht zu ihrem Turm. Bis er eines Abends vergeblich ihren Namen rief. Miriam war verschwunden. Gero ließ den vermauerten Zugang zum Turmzimmer abreißen. Kaum hatten sich die Staubwolken verzogen, eilte er die Wendeltreppe hinauf. Das Turmzimmer war leer, als hätte Miriam nie existiert. Kein Kamin, keine Möbel, nichts.

„Was suchst du hier eigentlich?", fragte Tamik.

„Antworten", entgegnete Gero voller Sorge. Wohin mochte die alte Hexe ihre Stieftochter wohl gebracht haben? Nicht einmal seine besten Spione konnten herausfinden, wer oder wo die rothaarige Schönheit war. In seinem ganzen Reich hatten sie vergeblich geforscht. Genau so wenig konnten ihm jemand sagen, was nun mit ihr geschehen war. Miriam war und blieb verschwunden. Fünf Monate voller Sorge. Gero

stürzte sich geradezu verbissen in die Staatsge-
schäfte, aber auch das ließ ihn seine geheimnisvolle Liebe in Rot nicht vergessen. Heute war
wieder einer jener Tage, an denen er Recht
sprach. Im Hof drängten sich die Menschen.
Tumult drang herauf.

„Was ist da unten für ein Auflauf?", fragte
Gero, während er sich aus dem Fenster beugte.

„Man hat eine Bettlerin in der Stadt aufgegrif-
fen."

Gero runzelte die Stirn. „Betteln ist doch kein
Verbrechen."

Tamik nickte. „Betteln nicht. Diebstahl schon.
Sie hatte diesen Ring bei sich, den ihr angeblich
jemand geschenkt haben will." Er öffnete seine
Hand.

Gero zuckte zusammen. „Welche Farbe hat ihr
Haar?"

„Brandrot. Warum fragst du?" Tamik kam
nicht mehr dazu, sich zu wundern. Gero riss
ihm den Ring aus der Hand, stürzte zum Balkon.

„Hände weg von dieser Frau!", schrie er. Dann
sprang er vom Balkon von Sims zu Sims, bis er
fast vor ihren Füßen auf dem Pflaster des Hofes

landete. Ehrfürchtig machte man ihm Platz. „Miriam."

Die Frau gab einen erstickten Laut von sich, als sie ihn erkannte, dann brach sie zusammen. Gero fing sie auf. „Holt meinen Leibarzt! Aber plötzlich!" Er trug sie in die Halle seines Schlosses. Dabei entging ihm nicht die verräterische Wölbung unter ihrem Kleid. Vorsichtig legte er sie auf eine der Polsterbänke. Als der Doktor endlich erschien, schlug sie gerade wieder die Augen auf.

Geros Leibarzt fühlte ihren Puls, schaute ihr tief in die Augen und kam zu dem Schluss: „Majestät, sie ist kerngesund und unübersehbar schwanger."

„Majestät?", hauchte Miriam verstört, während sie mit großen Augen Gero anschaute.

Er zog sie in seine Arme. „Du hast mich nie gefragt. Ich bin wirklich Gero und das, was der Doktor so treffend als unübersehbar schwanger klassifizierte, dürfte ein kleines Königskind sein." Er streifte ihr noch einmal den Ring über den Finger, den er ihr als Pfand seiner Liebe vor fast fünf Monaten geschenkt hatte.

„Was geschieht nun mit mir?", fragte sie mit flehendem Blick.

Gero küsste ihre Stirn. „Das, was ich die ganze Zeit schon machen wollte. Ich heirate dich." Er kniete vor ihr nieder. „Willst du meine Frau werden?"

„Ich will! Ich will!" Miriam lachte und weinte zugleich.

„Eine Bedingung habe ich", warf Gero ein.

Miriam erschrak. „Wenn ich sie erfüllen kann", murmelte sie verunsichert.

Gero drückte sie zärtlich an sich: „Dein Brautkleid soll knallrot sein, na, du weißt schon wie."

Lenard James Cropley

Fazit

(für R.K.)

Wenn wir alle
klein und dünn,
kantig, hölzern
rau und schwach,
mit rotem Kopf
in engen Schachteln
leben; dann wird es
brandgefährlich ...

Lenard James Cropley

Anfang und Ende

(für R.K.)

Auch ich bin
Ein Streichholzmensch.
Die Welt ist klein für uns.

Mit Hundert anderen
muss ich warten,
um irgendwann den Kopf
hinzuhalten, Wärme
und Licht spenden.

So gibt es den Funken,
das Feuer, die Glut
und auch die Asche.

Denn was ich berührte,
wird lang leuchten, oder
schnell mit mir erlöschen.

Arno Zirm

Sommerabend

Blankgefegt vom Wind der Autos sind die Straßen, wo nicht, ist zerfahren und zerbröckelt, was da lag - unkenntlich sein Ursprung.

Doch hier am Ende einer stillen Seitenstraße - Staub. So locker, so fein, dass Insektenfüße sich eindrücken konnten zu cryptischen Mustern. Das, was wir uns wünschten im Winter und was uns jetzt schon langsam zu viel wurde - warmes, trockenes Wetter - hat ihn entstehen lassen.

Und die Stille hier.

Bäume, die die Zunge heraushängen lassen würden, wären sie Hunde, geben uns Schatten mit letzter Kraft.

Der Herbst, der noch Sommer ist, kann hier reifen in Ruhe. Zu seinen Accessoires gehört der Staub und - erste Blätter, die darauf fallen.

Und diese Kombination ist es, die an die Oberfläche holt, was ich noch eine Weile in mir verschließen wollte - die Erkenntnis, der Sommer ist vorbei.

Ich muss es akzeptieren: Der Sommer ... ist ... vorbei.

Und nun auch der Tag. So fällt noch ein Strahl der tiefstehenden Sonne auf ein Blatt und gibt ihm ab von seiner Farbe Abendrot.

Soll ich's nehmen als Trost für die zu Ende gehende Zeit?

Vitae

Albrecht, Matthias wurde 1961 in Leipzig geboren. Ab 1978 als Bühnentechniker an den Städtischen Theatern Leipzigs beschäftigt, wechselte er 1983 zum Untersuchungshaftvollzug und wurde 1992 in das Beamtenverhältnis übernommen. Bereits zu DDR-Zeiten widmete er sich dem Schreiben, doch erst die politische Wende ermöglichte es ihm, schriftstellerisch tätig sein zu können, ohne das Damoklesschwert der Zensur fürchten zu müssen. Er ist Mitglied im Freien Deutschen Autorenverband e.V. – Landesverband Sachsen.

Blackwood, Sina 1962 in Sebnitz geboren, verbrachte ihre frühe Kindheit inmitten der Natur. Das hat sie geprägt, spiegelt sich auch in ihren Werken wider. Später verschlug es sie für einige Jahre an die Ostsee. Inspiriert durch die Schönheit der Landschaft begann sie mit dem Schreiben – und hörte nicht mehr auf. Bis Januar 2023 veröffentlichte sie über 60 Bücher sowie zahlreiche Kurzgeschichten in Anthologien und Online-Magazinen. Seit 1996 lebt sie in Chemnitz. Sie ist Mitglied im Freien Deutschen Autorenverband e.V. – Landesverband Sachsen.

Cropley, Lenard James wurde 1979 in Karl-Marx-Stadt geboren und lebt bis jetzt in Chemnitz. Die Liebe zu Büchern begann früh mit Lesen und ab dem 11. Lebensjahr mit dem Schreiben. Es entstanden lange und kurze Geschichten, später auch Lyrik und Prosa. Aufgrund der Anforderungen des Lebens gab es Stillstände, Brüche und Neuanfänge. Arbeit in Handel, Kunst und Sozialem. Ständig auf der Suche nach was-auch-immer. Kreativer Hobbykünstler: malen, zeichnen, nähen, basteln, gärtnern, fotografieren uvm. Träumer, Realist und mit ganz feinen Sinnen unterwegs. Überall wo Ästhetik und Symmetrie zu finden ist, sucht er. Es entstand eine Liebe und Leidenschaft zum Textlektorat aller möglichen Genre. L.J. Cropley wurde in zahlreichen regionalen und deutschlandweiten Büchern (…) veröffentlicht. Er braucht die Bühne nicht, doch hat er sie erklommen, nutzt er sie und lässt seine Texte darauf tanzen. Er war und ist in verschiedenen Schreibkursen vertreten, die er zeitweise auch leitete. Seit mehr als einer Dekade ist er im FDA Sachsen e.V. aktiv am Literaturgeschehen dabei.

Fritzsche, Iris ist in der sächsischen Ober-lausitz, in der schönen Stadt Löbau geboren. Seit 1961 wohnt sie in Hoyerswerda. Begonnen hat sie mit dem Schreiben bereits während der Schulzeit. Damals waren es Gedichte und private Reiseberichte für die Familie. 2006 traf sie die Autorin Waltraut Skoddow, in deren Schreibzirkel sie das notwendige Rüstzeug für ihre schriftstellerische Tätigkeit erwarb. 2008 erschien ihr erstes eigenes Buch, dem bis heute noch acht folgten. Jetzt ist sie Rentnerin und hat Zeit für weitere Projekte. So hat sie zum Beispiel 2011 mit der Arbeit im Kinderbuchbereich unter dem Pseudonym Ira Silberhaar begonnen. Seit 2011 ist sie Mitglied im Freien Deutschen Autorenverband e.V. - Landesverband Sachsen.

Weizel, Silke wurde im April 1971 in Karl-Marx-Stadt geboren. Sie ist mit ihrer Geburtsstadt bis heute verwurzelt. Hier erlebte Silke Weizel eine Kindheit zwischen familiärer Geborgenheit, Natur und Wissenschaft. Ihre freie Zeit verbrachte sie bis zum Studium fast täglich im Kosmonautenzentrum, von dessen Stammpersonal und Raketenmodellsportlern sie nicht wegzudenken war. Neben ihrem Beruf im Maschinenbau liebt sie das Schreiben, die Musik und die Kunst.

Zirm, Arno betrachtet sein Schreiben von Kurzgeschichten und Gedichten als Zweithobby neben der Elektronik. Was grad so in den Sinn kommt und vielleicht brauchbar ist, wird auf der selbstgeschriebenen Webseite abgelegt. Und da liegt es halt. Ambitionen, daraus ein Buch zu machen, bestehen eigentlich nicht.

Weitere Anthologien
der Geschichtenzauber Edition®: